싸가지 없는 점주로 남으리

싸가지 없는 점주로 남으리

쿨하고
소심한
편의점 사장님

박규옥 지음

몽스북
mons

contents

1 편의점 하고 삽니다

2 그렇게 장사꾼이 되어간다

3 글을 부르는 손님들

4 전지적 편의점 점주 시점

5 내 이웃의 안녕

prologue
바코드 찍는 아줌마

처음 가게를 시작한 날, 나는 SNS에 이런 글을 올렸다.

"인문학을 전공한 40~50대는 치킨집, 피자집, 편의점 말고는 할 게 없다는, 시대의 대세를 거스르지 못하고 편의점을 하게 됐다."

이 글을 쓸 때 나는 사람들에게 장사를 시작했다는 얘기를 어떻게 써야 할지 망설였던 걸로 기억한다. 왜 나는 그냥 '장사를 시작했다.'는 담백한 문장으로 내 상태를 알리지 못하고 마치 시대가 인문학 전공자를 자영업으로 등 떠밀어서 어쩔 수 없이 하게 됐다는 듯이 썼을까?

우리나라 경제 활동 인구 중에 20퍼센트가 넘는 사람들이 자영업에 종사한다고 한다. 취업에서 밀려난 사람들의 선택지가 자영업이라는 이미지 때문이었는지 나는 지인들로부터 "어쩌다가 장사를 하게 됐느냐?"는 질문을 받으면 늘 그런 식으로 대답하곤 했다. 마치 시대에 등 떠밀려서 어쩔 수 없이 하게 된 일이라는 듯 말이다.

고상한 취미를 반영하거나 사람들에게 유의미하고 가치 있는 일을 시작한 게 아니라면 '그냥 장사꾼밖에 더 되겠는가?' 하는 자괴감을 숨기려는 허세가 내 안에 있었을 것이다. 거기에 어쭙잖지만 늦게까지 공부해서 학위까지 받아놓고 '겨우 장사나 하려고 그랬느냐?'는 주변 시선을 의식했을 것이다.

그렇게 피하고 싶은 장사였는데 이상하게 친구들을 만나면 어느덧 내 대화의 화제는 편의점 이야기로 바뀌곤 했다. 중국에서 만난 첫 중국인 친구 오경이는 과일 장사를 했다. 학교 밖에서 만나는 유일한 중국 친구인 오경이와 많은 대화를 하고 싶었지만 우리 대화는 늘 한국과 중국의 과일 얘기뿐이었다. 너희 나라에는 무슨 과일이 있느냐, 얼마냐, 왜 그렇게 한국은 과일이 비싸냐…. 학원 강사를 하는 친구를 만나면 원생에 대한 이야기가 대부분이고, 교사인 친구를 만나면 행정 업무에 관한 이야기가 대부분이고…. 반면 신기하게도 내가 하는 편의점 이야기에는 주제가 다양했다. 진상 손님, 사연 있는 손님, 너무 착해서 애처로운 손님 등등. 세상의 축소판인 편의점 이야기에 대부분의 친구들이 공감을 한다. 역지사지, 반면교사, 세상의 교훈이 다 있기 때문이다.

장사꾼으로 산 지 어언 8년, 나는 사연 있는 외로운 손님에게는 따뜻한 눈길이라도 한번 보내주고, 너무 착해서 애처로워 보이는 손님에게는 위로의 말이라도 한마디 해주는 친절한 이웃집 아줌마가 되었다. 하지만 고객과 장사꾼이라는 선을 넘지는 않는다. 오지랖 넓고 세상사 관심 많은 성격이다 보니 손님들과 가까워질 기회도 많지만 장사꾼은 손님과 적당한 거리가 있어야 속 편하고 적당히 친절해야 스트레스가 없다는 영악한 진리를 깨달았을 정도로 나는 노련한 장사꾼이 된 것이다. 가끔씩 만나는 진상 손님에게는 소심하게라도 응징을 하고야 마는 나는 그래서 '싸가지 없는 점주'라는 소리를 듣지만 그래도 당당해지려고 한다.

바코드나 찍는 단순한 일은 인공 지능(AI) 로봇이 대체하는 때가 올 것이라고 많은 사람이 말하지만, 사람 사는 세상에는 온기를 가진 사람만이 해낼 수 있는 일이 꼭 필요하다고 믿는 나는 바코드 찍는 아줌마로 사는 게 좋다. 나와 내 가족의 편안한 삶을 위해서 귀찮고 힘들더라도 노동은 꼭 필요하다고 믿는, 그래서 귀찮고 힘든 노동이지만 즐기면서 하려고 노력하는 나는 천생 장사꾼이다.

따뜻한 온기를 가진 사람의 시선으로만 볼 수 있는 이야기를 기록하고 싶은 장사꾼인 나는 오늘도 바코드를 찍다 말고 부지런히 손가락을 움직여 글을 쓴다.

1

:

편의점 하고 삽니다

11년의 여행자

:

인생의 전환점이 될 중요한 결정을 할 때 나는 그다지 심사숙고하지 않는다. 단순한 생각으로 짧게 고민한 뒤 중요한 결정을 내린다. 그래 놓고 오래 버틴다.

중국을 가기로 결정할 때도 그랬다. 대학을 졸업도 하기 전부터 시작해서 13년간 해온 학원 강사 일이 괴롭다고 느껴지자 돈 버는 일 말고 뭔가 나를 위한 일을 하자는 생각이 들었다. 대가족 시집살이도 지겨워졌으니 이왕이면 집에서 멀리 떠나서 할 수 있는 일을 해보면 좋겠다는 생각을 했다. 그때 남편이 중국행을 권했다.

남편은 나와 다르게 결정에 앞서 심사숙고하는 사람이다. 이제 갓 초등학교를 입학한 아들에게 넓은 세상을 보여줄 계

16

획을 치밀하게 세운 것이다. 아들의 인생에 대해 큰 그림을 그리고 있던 남편은 떠나고 싶은 내 욕망을 부추겼다. 망설이는 시간은 짧았고 결정은 신속했다. 아이 장난감과 학용품만 잔뜩 든 이민 가방 세 개를 들고 중국으로 떠났다. 2002년, 월드컵이 한창일 때였다. 남편의 치밀한 계획과는 달리 나는 그저 잠시만 쉴 생각으로 떠났던 것인데, 돌아오는 데 11년이 걸렸다.

남편의 지지를 등에 업고 떠났지만, 살아보고 지겨우면 바로 돌아올 생각으로 살았다. 한국 사람들은 아무도 살지 않는 동네에서 부엌도 갖춰지지 않은 중국식 집에 세 들어 살면서 살림살이 하나 장만하지 않았던 것은 언제든지 집으로 돌아가겠다는 생각에서였다. 사람들이 남만주라고 부르던 곳이다. 말 타고 개 잡으러 다녔다는 우스갯소리를 할 때 등장하던 그곳, 옛 이름이 봉천인 선양瀋陽이었다.

우리 모자가 선양으로 간다고 결정을 내리자 중국 사정을 좀 안다는 주변 사람들은 나서서 말렸다. 조선족 거리로 시작해서 한인 밀집촌으로 변한 동네가 있다는 선양은 중국어를 모르는 사람도 쉽게 정착하는 곳인데, 오히려 그 때문에 한국에서 이런저런 사고를 친 사람들까지도 도피처로 생각하는 도시라는 것이다. 말하자면 중국 내에서 한국인이 살기에 가장 거친 동네라는 것. 이상하게 나는 그 점이 더 끌렸다. 대학을 졸업하고 비슷비슷한 사람들 속에 섞여서 비슷비슷하게 살아가는 삶이 지루했었나 보다. 그런 마음으로 떠나는 상황이니 그곳에 대해 들을수록 모험심이 발동을 했다. 한국 TV 뉴스에서 범죄를 저지르고 중국으로 잠적했다는 사람 얘기가 나오면 어쩌면 그 사람이 지금 선양에 있을지도 모르겠다고, 주변 사람들과 그런 우스갯소리를 하곤 했다. 세상이 좁고 거친 곳이라는 것을, 그만큼 선양에서 보고 들을 기회가 많았다.

그렇게 떠난 중국에서 11년을 살았다. 쉬러 가는 마음으로 간 그곳에서 정말 여행자로 오랫동안 살다 온 것이다. 늘 바쁘게 살았지만 의무감으로 해야 하는 일에 대한 스트레스는 없었고, 사람들과 적당히 어울리며 살다 보니 갈등할 일도 거의 없었다. 설혹 인간관계에서 오는 스트레스가 생기면 한 발 물러나기도 쉬운 곳이었다.

11년을 살다, 아이가 고2가 되자 집에 돌아가야겠다고 마음먹었다. 입시를 앞둔 아들을 두고 단순하고 빠르게 결정을 내린 나를 두고 주변 사람들이 다 의아해했다. 중국에서의 삶을 정리해야겠다고 마음먹은 결정적 원인은 그때 어울리던 주변 사람들과의 관계에 집착하게 되는 내가 보이기 시작해서다. 더 이상 여행자라는 생각이 들지 않기 때문인지도 모른다.

집으로 돌아가겠다는 결정을 내리고 돌아올 준비를 하는 동안 몸이 여기저기 안 좋았다. 나중에 알아보니 공황 장애 증세였다. 사람들과의 관계에서 오는 스트레스 때문이 아닐까 생각도 했지만 지나고 나서 생각해 보니 이제 긴 소풍을 끝내고 생활 전선으로 돌아가야 한다는 긴장감 때문이었던 것 같다.

집에 돌아온 뒤 사흘 만에 직장을 얻었다. 열심히 살아야 한다는 생각을 한 번도 버린 적이 없는 내가 집으로 돌아오자마자 바로 다시 의무감 넘치는 생활인으로 돌아온 것이다.

동네 가게의 주인이 되는 일

:

사람은 누구나 편견을 가지고 있다고 믿는다. 편견은 틀린 사실인 경우가 많은데, 틀렸다는 걸 깨달은 뒤에도 간혹 타인을 편견으로 대한다. 그런 편견은 때로 폭력이 되기도 한다.

남의 시선을 신경 쓰지 않는 척을 좀 하니 사람들에게 버릇이 없다느니 무례하다느니 소리를 가끔 듣지만, 사실 나는 남의 말에 무감각할 정도의 강심장을 가진 사람은 아니다. 나도 누구 못지않게 타인의 시선을 신경 쓰는 사람이다. 누군가 나에게 편견을 가지고 있다는 것을 깨닫게 되면 나를 증명하려고 집요해지기까지 한다.

쉬려고 갔던 중국에서 박사 학위를 받게 된 것도, 생각해 보면 사람들에게 나를 증명해 보이려는 집요한 노력 때문이었다. 이상하게 들리겠지만 당시 내가 증명하고 싶었던 것은 다름 아닌 내가 아이를 키우는 '평범한 엄마'라는 것이었다.

중국에서 만난 한국인들, 몇 세대를 내려오면서도 민족적 특성을 지키며 사는 조선족 동포들, 탈북해서 신분을 숨기고 사는 북한 사람들, 심지어 멀리 남미나 아프리카에서 공부를 하겠다고 온 어린 친구들까지, 나는 그들이 다 개척자들처럼 보였다. 그들은 낯선 곳에서 자기를 지키며 뭔가를 이뤄내겠다는 목표를 가진 사람들로 보였다.

그에 비해 나는 그저 조용히 쉬면서 아무것도 하지 않는 것이 목표였다. 그런데 아이를 키우는 엄마이다 보니 사람들의 시선을 무시할 수만은 없었다. 아이를 키우는 엄마가 단순히 쉬러 그 멀리까지 왔을 리가 없다고 삐딱하게 보는 사람들의 시선을 고쳐주기 위해서는 아이러니하게도 뭔가를 해야만 했다.

개척 정신 때문이든, 정말 한국에서 사고를 치고 도망쳐 온 것이든 낯선 곳까지 와서 살려고 노력하는 그곳 사람들은 아무것도 하지 않고 쉬려고 한다는 내 말을 믿지 않았다. 안 믿으면 안 믿는 대로 살면 된다고 생각을 했지만, 엄마가 불필요한 편견이 담긴 시선을 받는 것이 아이 교육에 좋을 것이 없었다. 뭐라도 해야 했다. 낯선 땅, 낯선 사람들에 둘러싸여서 뭔가를 해야 한다고 믿는 사람들 때문에 나는 생각에도 없었던 공부를 시작했다.

타인의 시선 때문에 박사 학위를 따고 돌아온 나는 이번에는 늦게까지 공부해서 배운 것을 어떻게든 써먹어야 하지 않겠느냐는 주위 사람들의 시선을 의식하지 않을 수 없었다. 전공은 문예학이었는데, 단지 중국어를 한다는 이유만으로 시작한 일은 어이없게도 중국의 기술 규제 법률과 시장 조사 업무였고 이 일로 회사를 차리기까지 이르렀다. 적성에 맞지 않는 일이었지만 의미 있는 일이라고 생각하며 3년을 버텼다.

그러다 남편이 편의점 일을 시작하자 낮에는 회사에서 컴퓨터를 들여다보다 저녁이 되면 가게로 출근을 하는 생활을 하게 되었다. 편의점 일은 좋든 싫든 몸을 움직여야 했기에 피곤할 수밖에 없는데, 나는 그 점이 오히려 좋았다. 강도가 세지는 않지만 늘 시간에 맞춰 움직여야 하는 육체노동은 하고 나면 기분을 맑게 만들었다. 사람들을 대하는 일에 스트레스가 전혀 없는 것은 아니었지만 짧게 스치는 사람들의 단편적인 모습 속에서 사람 본성을 슬쩍슬쩍 들여다볼 수 있는 것도 즐거운 일이었다.

회사를 운영하며 컴퓨터를 들여다보는 일이 유니폼을 입고 바코드를 찍는 일보다 체면치레는 될지 몰라도 내 적성에 맞는 일이 아니라는 데 생각이 미치자 나는 과감하게 하던 일을 접었다.

오래 공부하고 돌아와 3년여 시간 동안 심혈을 쏟았던 일을 하루아침에 그만두고, 이제는 작은 가게에서 단순한 일을 하며 산다. 인생 격변이라고 하는 사람도 있었지만 나는 이 일이 좋다. 직업을 바꾼 것이 격변이 아니라 작은 일에 만족하고 즐거워할 수 있는 마음을 갖게 된 것이 내게는 격변인 것이다.

일터로 나오는 것이 즐겁고, 즐거운 일을 하니 남들 시선 따위는 신경 쓰지 않게 된다. 나를 증명하기 위해 집요하게 노력하지 않아도 되는 평안한 상태가 되자 사람들에게도 너그러워진다. 동네에서 편하게 들를 수 있는 점방 주인이 되는 것, 어쩌면 이것이 어릴 때부터 생각해 온 나의 꿈인 것도 같다.

혼자 웃는다

:

각종 매체에 등장하는 자영업자 얘기는 늘 우울하다. 경기 침체 시기엔 가장 먼저 반응이 오는 일상 밀접 업종에 종사하고 있으니 사회 변화에 전전긍긍하며 살얼음판을 걷는 기분으로 살고 있기는 하다. 그렇다고 뉴스 기사에서 보듯 늘 우울하고 죽지 못해 사는 것만은 아니다. 다양한 사람들이 드나드는 사람 사는 공간이다 보니 우울하다가도 손님의 수줍은 웃음 하나로 하루의 고단함이 다 날아가기도 하고, 무례한 손님 때문에 속이 뒤집어질 때 뒤에 서서 위로를 보내는 다른 손님의 눈빛 하나로 세상이 따뜻해지기도 한다.

매체에 '갑질' 논란이 화제가 되면 세상에는 갑질하는 손님이 대다수인 것 같지만 그런 사람은 사실 극소수다. 극소수라

뉴스가 되는 것일 테고.

편의점에 드나드는 소시민들은 대체로 친절하고 배려심도 뛰어나다. 세상에 웃을 일은 많고, 그 웃음은 의외로 사소한 순간에 나온다. 사소한 일로 한번 웃고 나면 머리를 싸매게 하던 스트레스도 훌훌 털어버리게 된다.

SNS에 나이 인증이 유행일 때가 있었다. 어떤 사람은 대학생 때 극장이나 버스에서 담배를 피웠다는 얘기로 나이를 인증하기 하고, 어떤 사람은 자기는 버스를 탈 때 토큰을 쓴 세대라고 자랑하고, 어떤 사람은 한 장씩 잘라서 내는 회수권을 썼다고 자랑하면서 그날 하루 SNS를 즐기는 놀이다.

카운터를 지키며 SNS에 올라오는 다양한 나이 인증을 보며 웃고 있는데, SNS와는 거리가 멀어 보이는 단골 밉상 아줌마가 갑자기 '라면땅'은 왜 안 갖다 놓느냐고 해서 웃음이 터졌다. 언제 적 라면땅을! 나이 인증은 SNS에서나 할 것이지. 그 얘기를 SNS에 올렸다. 신이 난 내 SNS 친구들은 라면땅에서 뽀빠이, 자야까지 서로 자기가 아는 옛날 과자 얘기로 나이 인증을 하느라 바빴다.

네일 아트를 심하게 해서 음료 캔을 못 딴다는 손님이 미안하지만 대신 따 달라고 내게 요청을 한다. 네일에 '아트는 없고 실용만 있는' 나도 캔 뚜껑을 잘 못 딴다. 가위로 끝을 들어 따다가 그만 탄산음료를 손님 손등과 옷에 튀기고 말았다. 음료 캔도 못 따는 손님은 흔쾌히 괜찮다며 통에 든 티슈를 뽑아서 손과 옷을 닦고 나갔다. 조금 흘린 탄산음료를 닦겠다고 티슈를 절반가량 뽑아 썼어도 나는 흔쾌히 안녕히 가시라 했다. 쿨한 손님과 쿨한 주인 사이에 보통 있는 일이다.

수줍음이 너무 많은 총각 손님은 너무 수줍은 나머지 아이스 아메리카노를 사고 원두를 내리지 않고 얼음 컵만 들고 나가다 내게 붙들려 왔다. 총각이 얼굴이 빨개져서 원두를 내리고 나간 뒤에 한참을 웃었다.

대여섯 명의 남녀가 몰려 들어와 무알코올 맥주를 찾는다. 이거저거 고르기에 일반 맥주에 무알코올도 몇 개 섞는 줄 알았는데, 아니다. 전부 무알코올로만 각자 한 캔씩 뽑아 들면서 어느 무알코올 맥주가 맛이 있느니 없느니 취향들을 떠든다. 맥주 하나에 땅콩 하나씩을 고른 젊은이들은 서로에게 1캔, 1

안주가 맞느니 어쩌느니 하다가 나간다. 무알코올 맥주에도 1:1 안주라니! 참 원칙에 충실한, 건실한 젊은이들이다.

하루 종일 마스크를 쓰고 있으니 힘들고 답답하지만 이럴 때는 마스크 덕을 본다. 황당해서 웃는 내 얼굴이 죄다 가려져서 맘껏 웃었다.

뭐니 뭐니 해도 우리 가게 손님 중 웃기기로 '갑 오브 갑'인 손님은 경쟁 가게 사장님의 남편이다. 자기 아내 가게가 문을 열기 전부터 우리 가게에 다니기 시작해서 그랬는지, 아내가 같은 단지 안에 가게 문을 연 뒤로도 하루도 빠지지 않고 왔다. 그가 경쟁 가게 사장님의 남편이라는 걸 알게 된 것은 우리 가게를 드나든 지 3년이 넘었을 때였다. 다른 손님이 내게 말해줘서 알았다. 3년을 하루도 빠지지 않고 드나드는 단골인 것은 고마운데 이 손님은 하루도 빠지지 않고 뭔가를 투덜거린다. 이번 달에 자기가 좋아하는 비스켓이 2+1 행사를 안 한다고 화를 내기도 했다. 대기업의 횡포라나. 처음에는 투덜쟁이라 그러려니 하다가 가족 관계를 알고 난 뒤로는 가끔 나도 속으로 투덜거린다. 왜 매일 우리 가게로 물건을 사러 다니면서 시비를 걸어 나를 웃겨주는 건지, 혼자 가게 운영한다고 고생

하는 자기 마나님이나 웃겨줄 것이지.

　온종일 카운터 안에서 벗어날 일이 없는 나는 손님들의 사소한 행동 하나에 혼자 웃는다. 죽을 것처럼 힘들다가도 사소한 행동 하나 때문에 웃고 살 수 있는 것. 가게 안에서의 삶이 그렇다.

손님이 많을수록 월세도 올라간다

:

우리 부부는 대학생 때부터 연애를 하다 결혼을 했다. 나는 졸업도 하기 전에 학원에서 국어를 가르치는 일을 했고, 남편은 대학을 졸업하면서 전자 출판을 하는 회사에 취직을 했다. 종이 책을 데이터베이스화해서 기록으로 남기는 업무를 하는 회사였다. 미래 사회에 꼭 필요한 사업이라고 믿는 남편은 퇴근해서 밥을 먹으면서도 자기네 회사에서 만든 조선왕조실록 CD를 자랑할 정도로 회사 일을 사랑하고 자부심에 넘쳤다.

아이를 낳고 맞벌이를 하며 살다가 아들이 일곱 살 되는 해에 남편은 나와 아들의 중국 유학을 권했다. 직장 생활에 지치고 시집살이에 지친 나는 별로 숙고하지 않고 받아들였다. 일곱 살 아들에게 넓은 세상을 보여주고 싶은 마음에 기러기 가족으로 사는 어려움은 거뜬히 이겨낼 것이라고 생각했고 몇 년은 정말 잘 지냈다. 그러다 남편 회사가 부도가 났다. 남편은 혼자서 잘 헤쳐 나갈 테니 하고 있는 공부를 마무리하고 오라고 했지만, 그럴 수 없었다. 서둘러 짐을 싸서 귀국을 했다.

귀국하자마자 나는 인근 학교의 방과 후 교사와 학원 강사로 취직을 했고, 남편은 몇 달간 실업 연금을 받으며 생활을 했다. 그때 친척 소개로 울산에 있는 대형 식당을 소개받았다. 해 보지 않은 일이었지만 부부가 같이 하면 어려움도 이겨낼 것이라고 쉽게 생각했다. 남편과 내가 처음 해본 자영업이었다. 자영업 경험이 전혀 없는 우리에게 그런 큰 식당을 맡긴 것은 그 친척이 우리 부부의 성실함을 믿었기 때문이었다.

바닷가에 있는 대형 식당. 제아무리 성실로 무장한 부지런한 부부라 해도 595제곱미터(180평) 규모의 식당에 드나드는 술꾼 손님들을 매일 상대하는 것은 벅찼다. 경험해 본 적 없는 생활을 맞닥뜨린 데서 오는 충격은 그야말로 '컬처 쇼크'였다. 매일매일 전쟁 통 속에서 살아가는 것 같았다. 6개월간 시범 운영을 하다가 정식 인수를 하기로 한 계약이었으나 결국 우리는 6개월도 채우지 못하고 집으로 돌아왔다.

마침 남편은 일하던 업계에 재취업을 했고, 나는 포기하고 왔던 박사 학위를 취득하기 위해 다시 중국으로 돌아갔다. 짧은 경험을 겪은 나는 다시는 자영업자가 되지 않겠다고 다짐했다. 그러나 전과 달라진 열악한 출판 환경 속으로 다시 돌아간 남편은 오히려 전쟁터 같은 자영업자 시절을 그리워하고 있었다.

월급 받는 회사원 자리를 '가늘고 길게' 지키라고 남편에게 일렀건만 내 바람은 이뤄지지 않았다. 우여곡절 끝에 우리는 다시 자영업자가 되었다. 이번에는 24시간 쉴 새 없이 돌아가는 편의점이었다. 이 일 역시 나에게는 거친 바닷바람 날리는 바닷가 식당과 다름없는 전쟁터 같았다. 주말마다 화상 경마장에 드나드는 도박꾼들과 실랑이를 해야 하고, 술집들이 모여 있는 거리에서 잔뜩 취해 2차를 하겠다고 파라솔을 차지한 술꾼들과 밤마다 전쟁을 치렀다. 다시 장사꾼이 되면서 나름대로 각오를 단단히 한 터였기에 그 정도 선이었으면 참으며 익숙해져 갔을 것이다.

아이러니하게도 전쟁 통 같은 입지는 최고의 상권이라고 인정받고, 이런 곳에 있는 상가를 임대해 준 건물주들은 임대인들의 전쟁 통이 즐겁게만 보이게 마련이다. 손바닥만 한 43 제곱미터(13평) 가게의 월세는 손님이 많아질수록 올라갔다. 매일매일 전쟁을 치르고 나서 얻은 이익의 대부분은 건물주에게 돌아갔다. 이 시대 자영업자의 모순을 몸소 겪고 난 후 우리는 하늘 높은 줄 모르고 올라간 월세를 감당하지 못해 4년 만에 가게를 옮겨야 했다.

장사꾼 아니라 동네 사람

:

새로 옮길 가게를 찾아다니며 내가 가장 중점을 둔 것은 두 가지였다. 4년간 밤낮이 바뀐 생활을 하면서 망가질 대로 망가진 몸을 회복하기 위해서 집에서 자전거로 출퇴근할 수 있는 거리에 있을 것. 그리고 근처에 도박장 같은 혐오 시설이 없을 것. 그런 기준으로 네 달 동안 본사 개발팀 직원과 내가 발품을 팔아서 찾아낸 곳이 지금의 자리다.

새로 옮긴 가게는 이전 가게에 비하면 평온하다. 바닷가 식당 경험을 통해 강도 높은 훈련을 받았고, 이전 가게에서는 경쟁 편의점 업체 본사가 직영으로 운영하는 인근 가게를 문 닫게 할 정도로 장사 내공을 익힌 이유도 있을 것이다. 새로 가게를 시작한 후 몇 사람이 부린 텃세 정도는 우습게 넘길 정도로 맷집이 세진 게 느껴졌다.

가게는 안정적으로 자리를 잡았다. 도장 깨기 전문이 되었는지 이번에도 우리가 입점하자 지하에 있던 경쟁 가게가 곧 문을 닫았다가 반년 만에 주인이 바뀌어 다시 열기도 했다.

새로 이사한 가게는 밤이 되면 뒤쪽 산에서 오피스텔 마당으로 나무 냄새가 내려온다. 이전 가게에서는 해가 지는지, 계절이 바뀌는지 몰랐었다. 이곳에서는 넓은 통창으로 밖을 내다볼 수도 있다. 아무것도 아닌 것 같지만 그런 작은 것들이 매일 같은 자리를 지켜야 하는 사람들에게는 소중하다.

뒤는 산, 앞은 탄천에 가로막힌 폐쇄적인 단지에서 주로 동네 사람들을 상대하는 가게이다 보니 손님이나 나나 느긋하다. 경마꾼이나 장기 입원 환자들, 그 간병인들의 신경질적인 모습을 볼 필요 없다는 게 이렇게 마음 편한 일인지 몰랐다.

가게를 새로 연 첫날, 정신없는 와중이었다. 신기하게도 이전 가게 파라솔 테이블에 앉아서 대낮부터 술을 마시던 실직한 주정뱅이 아저씨가 새 가게 옆에 있는 택배 회사 조끼를 입고 나타난 것이다. 이전 가게에서 술을 마실 때는 늘 어둡고 신경질적으로 보이던 사람이다. 가게 첫날에 만난 아저씨는 다시 일을 시작해서인지 표정이 무척 밝았다. 다른 사람인 줄 알았다. 아저씨가 먼저 우리를 알아보고 인사를 하는데, 같은 인물의 전혀 다른 환한 표정을 보니 기분이 좋아졌다. 우리 가게도 잘될 것 같은 계시 같았다.

처음 문을 열었을 때는 동네 노인들이나 단지 관리소 직원들, 심지어 관리단장 부인이라는 사람까지 나타나서 감 놔라 배 놔라 시비를 건다고 생각했다. 이미 산전수전 겪은 장사꾼이 됐다고 생각하니 시비를 걸어도 그러려니 했다. 그러던 동네 사람들이 어느 날부터 친절하게 느껴지기 시작했다. 사람들이 단체로 친절하기로 작정한 것이 아닌가 의심을 하기도 했다.

지금에 와서 생각해 보면 동네 사람들이 변한 것이 아니라 처음 시비를 건다고 생각했던 일들이 사실은 새로 문 연 가게를 돕고자 하는 이웃들의 친절이었던 것 같다. 너무 거친 곳에서 장사를 하다 보니 불친절에 익숙해져 있던 우리가 새로 이사한 동네 사람들의 친절을 받아들이지 못했을 뿐이다. 사람들과 형식적인 인사나 나누는 우리를 장사꾼이 아니라 같은 동네 사람으로 인정했던 것을, 우리 부부가 제일 늦게 깨달았던 것이다.

덤불 속

:

일본 작가 아쿠타가와 류노스케가 쓴 〈덤불 속〉이라는 단편 소설이 있다. 산속 덤불 속에서 칼에 찔려 죽은 남자를 둘러싼 살인 사건 이야기다. 사건과 직간접적으로 얽혀 있거나 목격한 증인들의 증언으로 이루어진 소설이다. 한 사건을 어떤 시각에서 보느냐에 따라 전혀 다른 이야기가 된다는 내용의 단편이다.

사건의 진실을 판단할 때 다양한 관점이 왜 필요한가를 설명하기 좋은 짤막한 글이라서 학생들에게 논술을 가르칠 때 첫날 수업 교재로 쓰곤 했다. 소설을 읽은 아이들은 하나의 사건이 진술자에 따라 전혀 다른 이야기로 달라질 수 있다는 점에서 놀라워한다. 살아가면서 눈앞에 놓이는 의혹들을 바라볼 때 이 오래된 이야기를 기억하면 교훈이 될 것이라고 가르쳤다. 아이들에게만 필요한 이야기가 아니라 팔랑귀인 내가 언제나 염두에 둬야 하는 교훈이다.

가게를 하면서 남편인 이 사장은 내가 어쩌다 친하게 지내는 손님이 생겨서 손님한테 들은 얘기를 전해 주면 늘 한마디 한다. 손님은 손님으로 대해야 한다느니, 그 사람 말이니 다른 사람 얘기도 들어봐야 한다느니. 기껏 재미있는 얘기라고 해서 전했다가 잔소리만 들으니 화가 나기도 하지만 틀린 말은 아니기에 어쩌겠는가. 매번 잠자코 넘어갈 수밖에.

퇴근하기 전에 쓰레기를 정리하러 갔다가 가끔 인사를 나누는 손님과 마주쳤다. 잠깐 인사차 몇 마디 얘기를 나누다가 본의 아니게 길게 얘기를 하고 말았다. "사장님, 이 사람 알죠?"로 시작된 이야기였다. 어떤 사람은 허언증 환자이고, 어떤 사람은 동네 사람과 불륜 행각을 벌이다 부인한테 들켜서 한동안 사라졌다 다시 나타났고, 어떤 사람은 아기를 낳고 싶은데 안 생겨서 부인과 이혼을 생각 중이라고 하고, 어떤 사람은 사업 수완이 대단하다며 동네 사람을 속이고 푼돈을 뜯어

내려다 걸려서 얼굴을 못 들고 다닌다고 하고… 등등.

나는 그저 "어, 아, 그래요.", "음, 어머, 그렇군요!" 등으로 반응을 할 수밖에 없었다. 날이 추워 손이 시릴 정도로 얘기를 듣고 헤어졌다. 들어가시라고 인사를 하는 순간에도, 사업 수완 좋다고 허풍 떠는 남자가 우리 가게 단골이더라며 조심해야 한다고 강조를 하면서 흡연석으로 가버렸다. 초저녁부터 술을 많이 마신 것 같은데, 아마 다음 날 술이 깨면 후회 좀 할 것이다. 푼돈 뜯어내려는 허세남은 누군지 궁금하지 않은데, 아기가 안 생긴다고 부인과 이혼하고 싶다고 떠벌이고 다닌다는 남자는 누군지 궁금하다.

가끔 와서 사람 없는 시간에 수다를 떨다 가는 남자가 담배를 사고 나가려고 할 때, 문 밖을 지나던 다른 남자가 내게 눈인사를 하고 지나쳤다. "저 남자 알아요?"로 이야기가 시작되려고 하는 순간, 기시감이 들었다.

퇴근 시간이 다가오고 손님이 계속 드나들어서 집중을 안해서 기억은 안 나지만 소설 〈덤불 속〉을 보는 것 같았다. 좀 전에 지나간 손님이 바로 며칠 전 퇴근하는 나를 붙잡고 얘기를 했던 사람이다. 두 명의 화자가 같은 사건을 얘기한다. 사건의 줄기는 같은데 내용은 크게 다르다. 양쪽의 얘기를 다 들으니 사건의 진실보다 앞으로 표정 관리를 어떻게 해야 하나 걱정이 됐다.

처음 보는 할머니가 가게에 와서 스위스 유학 다녀온 여자 집이 어디냐고 물었다. 묻는 모습을 보아하니 좋은 일인 것 같지는 않았다. 누군지는 알겠는데 집은 모른다고 하자, 듣자 하니 우리랑 친하다고 하는데 왜 집을 모르느냐고 화를 냈다.

마침 손님들이 쉬지 않고 들어오기에 할머니는 얘기를 멈추고 기다려야 했다. 잠깐 틈이 나자 기다리는 할머니에게 말했다. "보세요, 전 여기 카운터 밖으로 나가서 손님들하고 편하게 얘기 나눌 시간이 없는 사람이에요. 단골들이라 서로 인사는 주고받고 그러지만 딱 그 정도만큼만 친한 거예요. 그분이 어디 사는지 어떻게 알겠어요!"

할머니한테 변명하려고 그런 것이 아니라 이런 일이 생길 때면 나는 정말 손님과 적당한 거리를 두려고 한다. 손님들의 사생활은 모르는 게 편하다, 아니 몰라야 한다는 것이 장사하는 내가 손님을 대하는 자세이다. 친밀하게 다가오는 사람들에게 인정머리 없는 사람으로 보일 수는 있지만 다수를 상대하면서 갈등을 일으키지 않는 최선의 방법이라고 생각했다. 특히나 두 명의 화자가 전하는 하나의 사건이 전혀 다른 진술일 때, 한 귀로 듣고 한 귀로 흘려버리는 것은 장사꾼에게 반드시 필요한 지혜가 아닌가. 자타 공인 팔랑귀라서 매번 잘 지키는 것은 아니지만 나는 그 원칙에 충실하려고 노력했다.

스마트한 진상을 대하는 나의 자세

:

토요일 밤, 근처 아파트에 사는 알바생 김 군을 태우고 가게에 도착하니 이미 공산품 십여 박스, 얼음 컵 대여섯 박스, 유제품 십여 박스, 냉동식품 서너 박스가 편의점 앞 통로까지 잔뜩 쌓여 있다. 교대하려고 준비하던 김 군, 나중에 온 김 군, 나까지 셋이 달라붙어 짐을 정리해서 통로를 먼저 확보해 놓고 앞 근무자 김 군은 퇴근하고 뒤 근무자 김 군은 물건을 정리한다. 파라솔 테이블에 쌓여 있는 쓰레기를 치우고 들어오고, 손님이 오면 김 군이나 내가 카운터로 들어가 계산을 한다.

더운 토요일 밤이다 보니 같은 건물에 있는 영화관에 하루 종일 사람들이 북적거렸다. 늦은 밤인데도 우리 가게 역시 손님이 끊임없이 들어와 물건을 정리하러 카운터에서 나왔다가 다시 들어가기를 반복하고 있다.

그때 이십 대 후반의 그 녀석이 들어왔다. 도시락과 음료수를 골라 테이블 위에 올려놓는다. 껌이 든 박스의 비닐 포장을 문구용 칼로 벗기던 내가 카운터로 들어가 바코드를 찍는다.

(포스 컴퓨터 음성: 팝카드 있으신가요?)

나: (바코드를 찍은 후) 6,700원입니다.

그 녀석: 영수증은 안 줘요?

나: 네, 드릴게요. (영수증을 출력해서 준다.)

그 녀석: (영수증을 받으며) 적립할 건데요!

나: 휴. 반품하고 다시 해야겠네요. 카드 주실래요? 다시 해드릴게요.

그 녀석: 왜 적립 안내를 안 해줘요?

나: 다시 해드릴게요. 계산하기 전에 모니터에서 안내가 나왔는데 못 들으셨나 봐요.

그 녀석: 아니, 그 소리를 어떻게 들어요? 그 소리가 들려요?

나: 네, 반품하고 다시 해드릴게요.

그 녀석: 아니, 안내도 안 해주면서 좀 전에 한숨 쉬었죠?

사과해야 되는 거 아니에요?

　　나: 반품해 드린다는데 안내 안 한 걸 따지시니까 모니터에서 안내 멘트가 나왔다고 설명한 거예요.

　　그 녀석: 그래서 한숨 쉰 게 잘했다는 거예요? 사과 안 해요?

　　사실 "영수증 주세요."도 아니고, "영수증은 안 줘요?"라고 할 때부터 나는 친절할 마음이 없었다. 녀석이 뭐라 계속 따지는데 손님이 계속 들어오기에 사과할 마음이 없는 나는 녀석이 꺼내 놓은 도시락을 안 살 거냐고 묻는다. 그러자 녀석이 휴대폰을 조작해서 녀석과 나 사이에 놓는다. 녹음 기능을 켰는지, 휴대폰 가까이에 대고 나의 불친절을 자세히 설명한다. 나는 껌 박스를 뜯으려고 꺼내 놓은 문구용 칼을 손에 쥐었다.

　　나: (입구를 가리키며) 안 살 거면 꺼져. 영업 방해하지 말고.

　　그 녀석: (놓아둔 휴대폰에 입을 가까이 대고) 어, 지금 칼로 막 위협하시는 거 맞죠?

　　나: (들고 있던 칼을 내던지며) 그래, 맞으니까 가서 신고를 하든지 말든지 하고 꺼져 **야.

이상한 건, 당당하던 녀석이 갑자기 움칫하며 뒤에서 기다리던 손님과 등을 돌려 서더니 상황을 얼른 마무리하려는 듯이 보이는 것이다. 가게 위층에 24시간 돌아가는 홈쇼핑 채널이 있고, 그 시간이 야식 시간이라서 명찰을 패용한 손님들이 한꺼번에 들어온다. 급하게 보인 태도 변화는 뒤에 선 직원 때문인 듯했다. 패용한 명찰을 보니 뒷손님은 직원, 녀석은 VISITOR다. 말하자면 납품하러 온 '을'인 것이다. 녀석이 안 살 것처럼 시비를 걸다가 도시락을 굳이 사 들고 간 이유는 휴식 시간이 짧고 딱히 어디 가서 그만한 가격의 도시락을 살 수도 없어서일 것이다.

녀석이 가고 난 뒤, 잠자코 물건을 정리하던 알바생 김 군이 말한다.

김 군: 저런 손님을 '손놈'이라 그런대요. 기분 안 좋으실 텐데 오늘은 들어가셔요. 제가 혼자 할게요.

나: 이걸 혼자 다 어떻게 하니? 괜찮아.

김 군: 그나저나 회사 명찰 달았던데, 올라가서 우리 가게 불친절하다고 가지 말라고 소문내면 어쩌죠?

나: 넌 그런 걱정할 필요 없어. 그리고 저런 놈한테 절대 친

절할 필요 없다.

김 군과 남은 물건을 정리하면서 점점 기분이 나빠진다. 깐족거리며 따질 때의 녀석보다 그럼에도 불구하고 그까짓 도시락을 먹겠다고 그 난리 끝에도 적립을 하고 계산을 하던 모습이 떠올랐기 때문이다. 명찰 하나 때문에 위축되던 비루한 모습도 마찬가지다.

어느 자영업자 커뮤니티에 올라온 글 중에 요즘은 아르바이트생들이 나이 든 진상보다 젊은 진상들을 더 무서워한다는 내용이 있었다. 나이 든 사람들은 사과하고 해결책을 제시하면 금방 풀리는 반면, 젊은 사람들은 자신의 진상질을 스마트한 소비라고 착각을 하고 고집스럽게 불평하고 화풀이하는 것이 특징이라고 한다. 이런 사람들은 자신만의 논리에 사로잡혀 본인이 세상에서 가장 똑똑하고 이성적인 사람이라고 착각하기도 한다는 것이다.

그 녀석이 딱 그랬다. 그런데 그랬던 녀석이 자기보다 힘있는 사람 앞에서 금방 꼬리를 내린 것이다. "자식, 깐족거리려면 어디서나 당당하기라도 하지." 차라리 녀석에게 그렇게라도 얘기를 해줬으면 기분이 덜 상했을 듯하다.

그렇게 간 녀석은 본사 콜센터에 우리 가게를 불친절 가게로 신고했다. 스트레스를 그렇게 풀고 있는 거였다. 진상질을 스마트한 소비로 착각하는 것이 요즘 젊은이들의 특징이라고 한다니 그다지 기분이 나쁘지는 않았다.

착하게 살고 싶은데

:

850원짜리 생수를 사면서 800원을 던지는 백발이 성성한 할아버지.

"50원은 다음에 줄게." 그런다.

"안 됩니다. 그 옆에 저렴한 물도 있습니다." 그랬더니,

"장사하는 사람이 50원 갖고 쩨쩨하게 굴면 안 돼."

"저는 제 가격을 말씀드린 거고요. 그 50원 깎자고 한 건 어르신이세요." 그랬더니,

고개를 절레절레 흔들며 "크게 되기 틀린 인물이구먼!"

손가락 사이 끝에 낀 카드를 흔들면서 그런다.

아놔! 착하게 살자고 다짐한 지 한 시간도 안 된 거 같은데, 할아버지 때문에….

친절한 내가 빈정거리면 그건 당신 때문이다

:

우리 가게는 비닐봉지 값을 받아서 손님이 줄어든다는 소리를
하는 남자 손님이 있다. 비닐봉지를 안 쓰면 될 일인데, 아이스
크림 두어 개를 사고도 꼭 봉지를 달라면서 내가 값을 받는지
안 받는지 살핀다.

보통 때 같으면 대충 넘어갔을 텐데, 괜히 경쟁 가게랑 비
교해 가며 그깟 20원을 굳이 받느냐고 빈정거리기에 봉투 값
을 찍으며 한마디 했다.

"그깟 20원 아까우면 봉지를 안 쓰시면 됩니다. 돈 아끼고
후손한테 좋은 일도 하는 거잖아요?"

얼굴까지 빨개지며 봉지를 들고 나간다. 얼굴 빨개진 거 보니 부끄러운 건지, 아니면 그깟 20원이 아까워서 억울한 건지, 그도 아니면 자기는 빈정거려도 나는 그래선 안 된다는 갑질 정신 때문에 화가 난 건지….

본사에서 가끔 암행 감찰이란 걸 해서 매장 서비스 질을 체크하는데, 우리 가게는 대부분 친절하다는 평가를 받는다.

내가 그렇게 친절한 사람이구먼. 혹시 빈정거리는 걸로 들렸다면 그건 다 당신 때문이다.

손님에게 친절하려 애쓰지 말라

:

이왕이면 단골손님이 하는 가게에서 팔아주자는 마음에 우리 가게에 드나드는 손님이 운영하는 치킨집에 쌀통닭을 주문해 놓고 찾으러 갔을 때였다. 한 무리의 아저씨들 중에 한 사람이 종업원에게 큰소리를 친다.

"당신 장사하기 싫어? 내가 달랬는데 잔을 왜 거기다 놔! 손님 받기 싫으면 말해!"

다른 데 놓은 것도 아니고 자기 테이블에 마주 앉은 일행 앞에 놓은 잔을 두고 종업원에게 반말로 욕지거리를 하고 있었다.

스무 살이나 될까 싶은 종업원은 처음에는 자기가 무슨 실수를 한 것인지 생각도 못 하고 있다가 상황을 뒤늦게 이해하고는 어찌할 줄 몰라 우물쭈물하고 있었다. 그러자 이번에는 사과도 못 하면서 왜 남의 돈을 벌러 나왔느냐고 소리친다. 밖이 소란해지자 주방에 있던 종업원이 나와 혼나고 있는 종업원 손을 살짝 잡았다 놓고 주방으로 들여보냈다. 주방에서 나와 손을 잡아준 종업원이나 홀에서 혼나고 있던 종업원이나 서러운 얼굴이다. 여전히 소리치고 있는 아저씨에게 주방 종업원이 대신 사과하는 걸 보고 치킨집을 나왔다.

기분이 아주 나빴다. 우리 가게 아르바이트생들이 가게에서 손님들에게 어떤 대접을 받는지 직접 목격할 일은 없다. 출근하면 교대하고 나오기 바빠서 힘든 일이 있는지 볼 기회도 없었고 물어보지도 않았다. 방금 치킨집 진상이 우리 가게에 드나들지 말라는 법은 없다. 우리 학생들도 술 취한 아저씨들에게 저런 대접을 받는 것은 아닌지 점검이 필요하다.

마침 방학 동안 근무하기로 한 학생이 개학이 다가오자 미안해하며 그만두고 싶다는 의사를 비쳤다. 야간 아르바이트생 구하기 어렵다는 것을 잘 알다 보니, 약속보다 조금 일찍 그만두겠다는 말을 하기 어려웠던 모양이다.

잠깐 동안 일을 했어도 배달 기사님이 일 잘하고 예의 바르다고 칭찬하던 학생이었는데 그만두는 것은 많이 아쉽다. 오래 못 해서 죄송하다고 하기에 계속 더 같이 일을 못 하는 것은 나도 섭섭하지만 죄송할 것은 없다고 말해 줬다. 이 일이 인생을 사는 데 큰 경험이 된다면 더 오래 하라고 하겠지만, 그런 것도 아니니 나가서 더 값어치 있는 일을 배우라고 말이다.

뒤를 이어 새로 아르바이트를 하겠다는 학생이 왔다. 이미 다른 편의점에서 일을 해봤기 때문에 별로 가르칠 것이 없었다. 그래도 우리 가게만의 특성을 설명해 주려고 이것저것 설명하면서 덧붙였다. "손님에게 너무 친절하려고 애쓰지 말라."고.

마음에서 우러나오지 않는 친절은 자존감을 떨어트릴 수 있으니 그저 상식선에서 이만하면 됐다 싶을 정도로만 하면 충분하다고 아르바이트 학생들에게 얘기해 준다. 신선하고 좋은 물건, 증정품 많은 물건들을 찾아내 파는 것은 우리 업무이고, 그걸 보고 손님이 찾아오면 되는 것이지 굳이 학생들의 과도한 친절을 이용해서 장사할 생각은 없다는 것이 우리 부부 모두의 생각이다.

너무 친절할 필요 없다고 말해 줘도 우리 가게 알바 학생들 중에 불친절하다는 소리를 들었던 학생은 없는 것 같다. 알바 학생들이 친절하다고 대부분의 손님들이 칭찬하는 걸 보면 학생들이 사장인 우리의 가르침을 무시하는(?) 모양이다. 세워 놓은 원칙에 충실한 우리 부부만 가끔 욕을 먹는다. 치킨집에서 알바생을 서럽게 한 손님들이 우리 가게라고 안 드나들 리 없는데, 투정 한 번 안 하고 성의껏 자기 일처럼 해주던 학생들이 늘 고맙다.

이렇게 우리 가게를 거쳐 간 아르바이트 학생이 몇 되는데 그 애들이 이 일보다는 더 값어치 있는 일을 하면서 살게 되기를 바란다. 그렇지만 여기에서 있었던 일이 그냥 소모적이기만 했다면 일 시킨 우리 마음은 아무래도 좋지가 않다. 굳이 도움이 된 일은 없었을까 생각해 봤다.

남들 다 자는 시간에 깨어 있는 사람들이 있다는 것, 안 그래도 되는데 괜히 '사서 미움을 받는' 진상들도 있다는 것, 그러니 남을 배려해서 스스로 존중받을 수 있는 사람이 되려는 마음을 깨달을 수 있었다면 나쁘지 않은 경험이었다고 할 수 있지 않을까?

잘생긴 남자 가산점

:

길고양이를 선뜻 데려가 예방 접종까지 하고 잘 키운 마음씨가 고마워서 동네 여학생을 특별(?) 채용을 했다. 왜 특별 채용이라고 하는가 하면, 대학 신입생이 된 그 학생이 코로나19 때문에 학교도 못 가고 집에만 있다는 소리를 듣고 우리가 먼저 아르바이트를 해달라고 요청을 했기 때문이다. 아르바이트를 할 마음이 없었는데 해보더니 시간을 늘려달라고 할 정도로 재밌어했다. 매주 주말 이틀 낮 시간을 맡겼다. 일을 아주 야무지게 잘한다.

나머지 주말 이틀 밤은 군 입대 전인 남학생이 맡아 한다. 청소년 시기에 아이스하키를 해서 그런지 체격도 좋고 잘생겨서 우리 가게는 인물 보고 알바를 뽑느냐고 묻는 손님까지 있을 정도로 잘생긴 남학생이다.

주말 밤낮을 책임지는 학생들인데 손님들 반응이 좀 특이하다.

한 여자 손님이 주말에 알바하는 여학생이 무뚝뚝하다고 한마디 한다. 아마 그 손님과 같이 어울리는 동네 사람들 평가도 대체로 그런 모양이다. 우리는 알바 학생에게 반드시 서서 계산하라고 하지 않는다. 필요한 경우 아니면 앉아서 계산해도 된다고 하는데, 손님들 중에는 그런 점을 몹시 불쾌해하는 사람들이 있다. 알바 학생이 무뚝뚝하다던 손님은 알바 여학생이 요즘은 앉아서 계산하지는 않지만 여전히 무뚝뚝하다는 것이다. 무뚝뚝하기보다는 아르바이트 경험이 없어 손님들에게 살갑게 하는 요령을 몰라서 그렇게 느끼는 것일 수도 있다고, 잘 가르치겠다고 설명을 했다.

그러다가 같은 날 저녁에 일하는 남학생 얘기를 한다. 여학생 얘기를 할 때와 다르게 눈에 꿀이 떨어진다. 자기 친구가 와서 계산을 하면서 앉아 있는 그 학생에게 카드를 내미는데 살짝 떨렸다고 하더라는 것이다. 몇 살이냐고 묻기까지 했다고, 허!

새로 일하기 시작한 평일 아르바이트 학생과 같이 그 얘기를 들었는데, 손님이 가고 나자 명심하겠다는 듯 한마디 한다.

"아, 사장님. 여기는 잘생긴 남자 알바는 앉아서 계산하고, 여학생은 잘나고 못나고 그냥 서서 계산해야 되는가 봐요."

그러게 말이다. 똑같이 앉아서 계산하는데 이렇게 반응이 상반되는 건 정녕 잘생긴 남자 가산점 때문이란 말인가?

기쁜 소식

:

우리 가게에서 5년 가까이 주말 알바를 하던 김 군이 농협에 최종 합격했다고 연락이 왔다. 소식을 들은 이 사장은 자기 일처럼 좋아하며 그 댁에 축하주를 마시러 간다고 호들갑이다. 민폐이긴 해도 이런 날은 맘껏 마시고 와도 된다고 했다. 늦으면 데리러 가겠다고 해놓고, 가게에 손님들이 들어오면 계속 자랑을 했다. 대부분 그 학생을 아는 손님들이니 다들 자기 일처럼 축하해 줬다. 정말 기쁜 소식이다.

사회적 약자 우선 전형

:

늘 따로 다녀서 한 가족인지 몰랐던 세 사람이 함께 와서 물건을 고른다. 마스크를 쓰고 있어도 수험생이라고 느껴지던 여학생, 인사를 해도 받지 않고 눈을 마주치지도 않던 주부, 가끔 퇴근하는 길에 들러 술을 사면서 부인과 마찬가지로 인사를 받지 않던 아저씨.

제일 먼저 와인을 골라 온 주부가 카운터에 서서 기다리다 어쩐 일인지 먼저 새해 인사를 한다. 매번 따로 와서 가족인지 몰랐다고 하며 새해에는 좋은 일만 있으시라는 인사로 답을 했다.

그러자 아이가 이번에 수능을 치렀다며 인 서울을 목표로 기다리는 중이라면서 뜻대로 원하는 대학에 가면 우리 가게에서 알바를 하고 싶어 한다고 얘기했다. 마침 물건을 골라 온 여학생이 엄마와 내가 나누는 이야기를 듣고 해맑게 웃는다. 수능 스트레스에서 벗어나서인지 전에 없이 밝아 보였다.

표정이 훨씬 밝아 보인다며 공부하느라 수고했다고, 꼭 목표를 이뤄서 우리 가게에서 알바를 하기 바란다고 얘기했다.

꼭 그대로 됐으면 좋겠다면서 학생 엄마가 덧붙였다. "보시면 알겠지만, 우리 애가 지극히 정상적인 가정에서 사랑받고 자라서 참 밝은 애거든요. 알바 1번 대기생으로 올려주시는 거죠?"

즐겁게 인사를 하고 가족이 나가자 별생각 없이 나눈 이야기가 신경 쓰이기 시작했다. '정상적인 가정에서 사랑받고 자라서 밝은 아이!' 엄마들은 대부분 그렇게 말하게 마련이지만 내 고3 때를 떠올리니 어딘지 거슬렸다.

나는 고3 봄에 학교를 그만뒀다. 고등학교 입학을 앞두고 있을 때 삼촌이 와서는 어려워진 우리 집 형편을 얘기하면서 나를 고등학교를 보낼 게 아니라 공장을 보내라고 성화를 했다. 그 성화를 물리치고 간 고등학교였다. 집안 형편은 여전히 나아지지 않아 대학은 엄두도 낼 수 없다고 생각하자 학교를 졸업하는 것이 의미 없게 느껴졌다.

학교를 그만두면 뭐라도 할 수 있을 것 같아서 두 달이나 고집을 부리다 이룬 일인데 막상 그만두고 나니 할 수 있는 일은 별로 없었다. 아무것도 할 수 없다고 생각하지 말고 남들과 다른 특별한 경험을 한다고 생각하고 주눅 들지 않으려고 했다. 낯선 사람이 나를 학생이라고 부르면 일부러 대답을 하지 않을 정도로 내가 한 선택에 대해 당당하려고 했다. 넉넉하지 않은 용돈에도 버스비는 꼭 성인 요금을 냈다. 그런 내게 굳이 그럴 것까지 있느냐고 묻는 친구도 있었지만 내가 과감하게 내던진 '학생 신분'으로 보이는 것을 인정하면 내가 한 선택을 부정당하는 것이라 느꼈던 모양이다. 남들이 뭐라 하든 나는 생애 처음으로 한 과감한 결단이 쓸데없이 자랑스러웠고 당당했다. 힘들기도 했지만 성큼 어른이 된 것도 같았다.

정상적인 가정의 아이다운 선택은 분명 아니었다. 정상적인 과정을 거치지 않아서 나는 밝지 않은 아이였을까?

딸에 대한 자부심으로 엄마가 무심코 뱉은 한마디 말이지만 '정상적인 가정에서 자란' 이런 표현은 그것과 다르게 산 사람을 비정상으로 만드는 묘한 뉘앙스를 풍겨서 마음이 좋지 않았다.

알바 1번 대기자라고 약속은 했지만, 혹시 그 엄마가 말한 정상적인 범위에 못 미치는 대기자가 나타나면 그 사람을 우선순위로 둬야겠다고 마음먹었다. 비슷한 능력이라면 조건이 떨어지는 사람에게 가산점을 주는 '사회적 약자 우선 전형'이라는 것을 실현시켜 보고 싶은, 가게 점주의 약간은 삐딱한 마음이다.

명절의 편의점

:

명절 때가 되면 다들 헤어져 살던 가족을 만난다고 들뜨고 떠들썩해진다. 그러나 그럴수록 원룸 오피스텔에서 혼자 지내야 하는 사람들은 더 서글퍼지고, 그들을 상대해서 명절에도 문을 열어야 하는 동네 편의점은 덩달아 분위기가 가라앉는다. 평소에 보던 풍경도 그런 날엔 괜히 애잔하다.

매일 소주를 사 가는 남자는 명절에 따로 갈 곳이 없는지 연휴 내내 하루에 서너 번씩 와서는 소주를 사고 꾸깃꾸깃하고 냄새 나는 돈을 던지고 간다.

초기 치매라는 할머니 손을 잡고 온 할아버지는 쿠키와 커피를 산다. 연하게 마시고 싶다기에 따뜻한 물을 추가하라고 얘기한 뒤, 두 분이 한 잔으로 나눠 마시기 좋게 종이컵을 드렸더니 좋아하신다.

그걸 옆에서 지켜본 불륜남이 전에 자기한테는 컵 값을 받았으면서 왜 지금은 공짜로 주느냐고 따진다. 전에 함께 온 불륜녀가 어찌나 콧대 높은 척을 해대던지. 그 때문에 덩달아 우리에게 미움을 받는 이 남자에게는 비닐봉지 한 장도 공짜로 주기 싫은데, 다음에는 자기도 종이컵 하나 공짜로 달란다. 밉상이다.

무더웠던 여름, 부인과 운동을 하고 땀에 절어 왔다가 사소한 일로 경찰까지 부르는 소동을 일으킨 남자가 있다. 방금 산 요플레를 다른 제품으로 교환하려다 벌어진 사건이다. 간단히 반품을 하고 다시 결제하면 된다고 했더니, 똥개 훈련을 시키느냐면서 갑자기 발끈했다. 트집을 잡으려니까 아직도 며칠 남은 유통 기한까지 트집을 잡고 불친절하다는 핑계를 대며 나를 고발하겠다면서 카메라를 들이댔다.

더위 때문에 난 짜증을 내게 풀며 나를 고발한다며 동영상을 찍으며 설쳐댄 것인데, 나도 덥기는 마찬가지고 화가 나기도 마찬가지니 질 수 없다 싶었다. 원한다면 내가 대신 경찰을 불러주겠다면서 사건을 키운 것이다. 가져가지 말라는 내 말을 무시하고 다른 제품을 들고 나간 것은 절도에 해당한다고 협박을 해줬더니 당당하던 남자는 슬그머니 도망친 뒤 다시 나타나지 않았다.

동네 수다쟁이 말로는 경쟁 가게에 가서 우리 가게 욕을 하고 다닌다고 했다. 안타깝게도 아저씨가 가서 우리 욕을 하던 가게는 그 뒤로 바로 문을 닫아버리는 바람에 단지에 홀로 남아 있는 우리 가게를 피해 멀리 물건을 사러 다녀야 했다.

근처 마트들이 문을 닫아 갈 곳이 없던 명절날, 사라졌던 아저씨가 오랜만에 우리 가게에 나타났다. 담배는 피워야겠고, 살 데는 없고… 할 수 없이 우리 가게를 다시 와야 했는데, 그냥 오기에는 민망했는지 아직도 더위가 남아 있는 날씨에도 불구하고 마치 다른 사람인 척 중무장을 하고 와서 담배와 맥주를 사 간다.

얼굴에 비비 크림을 잔뜩 바르고 오는 남자는 손님이 줄을 서 있거나 말거나 장바구니를 쓰지 않고 물건을 카운터에 하나씩 늘어놓는데 다 고른 것 같아서 봉지에 담고 나면 또 물건을 가져와서 작은 봉지에 줬다며 짜증을 낸다. 바구니를 사용해서 한꺼번에 주면 용량에 맞는 비닐봉지에 담아 줄 수 있다고 했더니 충고질을 하느냐는 듯한 표정이다. 손님은 왕이고, 퇴근 시간도 다 되어가서 그냥 웃어버린다.

명절에도 원룸을 지키는 사람들과 그 사람들을 기다리며 장사를 해야 하는, 보름달 뜬 추석날 저녁의 가게 풍경이다.

해본 사람이 하는 조언

:

퇴직할 때가 된 친구들이 우리 부부에게 편의점 영업에 대해 종종 묻는다. 자영업 중에 편의점을 선호하는 이유야 넘쳐나도록 쏟아지니 굳이 언급할 필요도 없지만, 경험자로서 해줄 말은 많다.

남편은 세 가지 정도는 꼭 각오를 하고 시작하라고 조언한다. 첫째는 그동안 누렸던 사회적 지위는 일을 시작하면서 잊으라는 것이다. 손바닥만 한 동네 가게에서 껌 파는 사람 대접 이상을 바라면 인생이 비루하게만 느껴질 테니 그 정도 각오는 해야 한다는 것이다.

두 번째는 이전의 내가 얼마를 벌었었다 하는 생각도 잊으라는 것이다. 편의점 해봐야 부자는 못 된다. 몇 군데 가게 차려놓고 알바 쓰면서 사장은 가끔씩 나가서 돈이나 챙겨 오겠다는 사람들도 있는데, 대기업이 그렇게 호락호락하지 않다. 쉽게 버는 돈은 없다. 처음 편의점을 시작할 때, 일한 만큼 수익을 가져가면 만족하겠다던 맘을 잊지 말고 노동한 만큼 돈을 가져갈 수 있다는 데 만족해야 하는 것이다.

세 번째는 가족과 함께하는 시간, 주말, 휴일을 기대하지 말라는 것이다. 자영업자가 되는 순간, 본인이 움직이는 만큼 소득으로 돌아온다는 것을 실감하게 된다. 적게 벌고 여유 있게 살고 싶다는 마음은 있지만 하다 보면 그것만큼 어려운 일도 없다는 걸 알게 된다.

그렇다고 장점이 없는 것은 아니다. 일할 시간을 선택할 수 있는 자유와 사람들과 일하면서 갖는 관계의 스트레스에서 벗어날 수 있다. 그 맛에 자영업자 되는 것 아닌가! 그리고 다른 자영업에 비해 노동 강도가 세지 않다. 매일 들어오는 물건 정리가 힘들다고는 해도 배달 기사님들이 매대 가까이에 쌓아주는 물건을 자리 잡아 놓는 정도가 가장 센 노동이다. 카운터에 앉아서 손님이 골라 온 물건 바코드 찍어 돈 받고 주는 일이 대부분이다 보니 틈틈이 책도 읽고, SNS도 하고, 야간에는 넷플

릭스로 영화 몰아 보기도 가능하다.

전에도 넌지시 얘기한 적 있는 친구가 진지하게 편의점을 해보고 싶다고 하기에 월요일이 되자마자 우리 가게에 오는 본사 영업 직원에게 매장 나온 곳이 있으면 소개를 해달라고 했다. 신규 개업 점포 하나와 주인이 그만두겠다고 해서 나온 기존 점포 하나, 두 군데를 바로 추천했다.

장사를 처음 해보는 친구라 우리 부부는 신규 점포보다는 기존 점포를 추천했다. 장사를 잘하다가 근처에 다른 브랜드의 편의점(CU)이 들어오자 매출이 떨어진 가게다. 주인이나 본사 영업팀이 할 만큼 해보다가 포기한 점포를 인수하라는 것이니 본사에서 유리한 조건을 제시하기 마련이다.

이 가게는 24시간 운영하는 점포인데, 매출이 너무 낮아서 인건비도 안 나올 경우를 대비해서 본사에서 매달 최저 임금 수준의 수익은 무조건 보장해 준다. 계약 기간도 1년으로 해서, 초보 경영자가 손해 보지 않고 일 배우기에는 나쁘지 않다. 1년 계약이다 보니 가맹비 200여만 원에 물건 매수 비용 정도의 적은 자금으로 시작할 수 있다. 1년 뒤에 그만두겠다면 물건 값은 돌려받을 수 있으니 초기 투자비는 거의 회수할 수 있다. 그러다 매출이 기본을 넘어서면 본사와 비율제로 수익을 나누게 된다. 물론 초기 비용을 많이 투자한 가게보다는 수익률이 낮다.

첫 장사 경험 쌓기에 나쁘지 않으니 해보라고 추천해 놓고, 그 가게를 새벽에 가봤다. 우리 집에서 멀지 않은 곳이다. 대로변이라 주차하기가 쉽지 않아 주변을 도는 김에 새로 생겼다는 경쟁 가게를 돌아봤다. 본사에서 기본 수익을 보전해 주지 않는다면 하지 말라고 할 정도로 경쟁 가게의 위치나 규모가 크고 좋았다. GS25 마니아가 아니라면 이 편의점을 두고 그 가게를 일부러 찾아올 동네 손님은 없을 듯했다.

다행인 것은 주변에 식당이 많고, 커피 가게가 없으니 식후 커피나 음료를 주력 상품으로 판매하면서 경험을 쌓는 것이 어떨지 조언을 해볼 생각이다. 어차피 시급은 보장돼 있으니 경험 삼아 해보기에는 나쁘지 않아 보였다.

정작 문제는 그동안 여유 있게 살던 내 친구가 야간에 33

제곱미터(열 평)도 안 되는 가게를 지키고 앉아 있어야 한다는 것이다. 그 생각을 하니 괜히 맘이 짠해졌다.

주차할 곳을 찾아 헤매는데, 내 동선과 비슷하게 움직이며 CU를 돌아보던 아저씨가 있었다. 새벽 시간에 마주친 아저씨라 경계를 했는데, 나중에 보니 인수하려는 가게 카운터에 앉아 있다. 가게를 내놓고 미련이 남아서 경쟁 가게를 둘러본 모양인데, 장사 경험이 없는 내 친구가 저런 모습이 될 수 있다고 생각하니 이걸 권하는 게 맞는가 하는 갈등이 생겼다.

짧은 내 경험으로 할 수 있는 조언은 한계가 있으니 전문가의 조언을 받는 것이 좋겠다는 제안을 하고 본사 개발팀을 직접 만나보라고 소개해 줬다. 내가 창업할 때 조건과 일을 하면서 했던 경험은 수많은 데이터의 극히 일부이다. 수많은 변수가 있는 일에 노후 자금을 털어 넣는 결단을 하는 친구에게 나 하나의 경험보다는 많은 데이터를 갖고 있는 전문가의 상담이 훨씬 도움이 될 것이다. 먼저 시작한 친구로서 그저 잘되기를 바라는 것이 내가 할 수 있는 최선이다.

편의점 종사자의 언어

:

얼마 전에 SNS에 글을 쓰다가 '애면글면했다'라는 표현을 적었다 지웠다. 흔히 쓰는 표현이 아닌데 불현듯 그 단어가 생각나더니, 오히려 흔하게 쓰는 표현이 떠오르지 않았다. 그냥 써놓고 다시 읽어보니 내가 쓰는 단어 같지 않아서 '발을 동동 굴렀다'라고 쓰고 보니 그제야 내 언어 같았다.

손님을 상대하는 나는 대부분 손님 위주의 단어를 쓰려고 노력한다. 나이 든 손님들이 처음 와서 1+1 물건인데 하나만 가져오면 '원 플러스 원'이라고 하지 않는다. "손님, 이 세제는 하나 사시면 하나는 덤으로 '끼겨' 드려요."라고 한다. 그러다 가게에 드나드는 일이 빈번해져서 그 손님이 1+1을 이해하면 그때는 편하게 "이것도 원 플러스 원이네요." 한다.

담배를 사는 손님들 중에는 자신이 사려는 제품이 뭔지 도무지 알아들을 수 없게 얘기를 하는 사람들이 있다. 상대가 알아듣게 말하는 예의가 안 된 손님들이라 생각해서 불친절했던 적이 있다. 담배를 사면서 손가락으로 가리키다 안 되니 매대를 돌아 안쪽으로 들어와서 자기 담배를 꺼내는 사람이 있었다. 단골이라 얼굴을 아는 터라 처음에는 그러려니 했는데 계속 그러니 불쾌했다. 들어오지 말고 담배 이름을 말하면 꺼내주겠다고 했더니 이름을 못 외운다고 했다. 늘 단문으로만 말하던 손님이 조금 길게 하는 말을 들어보니 중국 교포 억양이다. 영어를 기본 과목으로 배우지 않은 세대이니 영어로 되어 있는 담배 이름이 어려웠던 것이다.

그 뒤로는 그 손님이 카운터에 서서 담배 매대를 쳐다보면 내가 먼저 물어본다. "클리어 피니시요?"

다른 손님들에게도 될 수 있으면 알아듣기 쉽게 단순하게 말하려고 노력한다.

사정이 이렇다 보니 좀 어려운 장소에서 더 있어 보이고 폼나는 언어를 쓰고 싶을 때 입이 굳어버리는 일이 종종 있다. 기억력이 감퇴되는 나이가 됐나 보다고 얼버무려보기도 하지만,

단순한 언어 사용이 습관화된 탓도 있을 것이다.

사람들과 단순한 만남이라고 하기에도 어설픈, 지나가는 손님과 몇 마디나 나누며 사는 환경에 오랫동안 적응된 나는 언어도 인간관계도 단순해지고 있는지 모르겠다.

그런데 이런 내가 싫지 않다. 쓰는 언어가 단순해지는 만큼 사람들과의 단순한 교류가 좋아지는 것을 보니 나는 진정한 '편의점 인간'이 되고 있는지 모른다.

2

:

그렇게 장사꾼이 되어간다

친절은 판매하지 않습니다

:

결혼할 때 보통의 친정엄마들은 독립하려는 딸의 앞날을 어떤 말로 축복하는지 모르겠다. 우리 엄마는 좀 독특했다. 야외 결혼식을 잡아놓은 하루 전날, 엄마가 잠을 못 주무시고 자꾸 거실 미닫이문을 드르륵거리며 열고 닫기를 반복하기에 내가 물었었다. "속이 시원하니 어쩌니 해도 딸 시집보내려니 섭섭해서 잠이 안 오나 봐?" 했더니 우리 엄마는 비 온다며, 야외 결혼 잡아놓고 밖에 비가 오는데 잠이 오느냐며 마지막 날까지 핀잔을 줬다. 내일 일기예보는 맑다고 했으니 그런 걱정 그만 하고 시집가는 딸에게 교훈 같은 얘기나 좀 하시라 했더니, 엄마는 '아, 맞다!' 하는 표정으로 내 평생의 교훈이 될 만한 지침을 내렸다. "시집가면 다른 식구들에게는 참고 살아도 남편은 꼭 이겨야 한다!" 엄마가 급조해 낸 말에 나는 딸을 싸움꾼으로 만들고 싶은 거냐고 하며 황당해했다.

나중에 그때 왜 그런 소리를 했던 거냐고 물었더니 엄마는 시집살이를 하러 들어가는 집요하고 독한 딸이 걱정돼서 그랬다고 했다. 방점은 남편을 이기라는 것이 아니라 다른 식구들에게 지고 살라는 것이었는데, 전투력 좋은 딸을 달래려고 돌려 말한 거였다는 것이다. "남편만 이겨라.(다른 식구에게는 져야 한다!)"

나는 어릴 때부터 누구와 싸우면 만족할 때까지 주변 모두를 피곤하게 하는 집요함이 있었다. 그 집요함 때문에 나를 잘 모르는 사람들은 내가 누구에게나 지기 싫어하는 독종이라고 알고 있지만 사실은 이렇다. 나는 절대 누구에게 먼저 싸움을 걸지 않는다. 싸울 일이 있어도 대부분 피한다. 그러나 정말 피할 수 없을 때가 오면 그때는 누구보다 집요하고 독해지는 것이다. 말하자면 내 전투력은 방어용이지 공격용이 아니다. 화가 나면 그 방어력이 너무 증가해서 문제였던 것이지 절대 공격적인 사람이 아니다. 가끔 남들 얘기만 듣고 나에 대해서 잘못 알고 있다가 실체를 알게 되면 '이 사람이 보기보다 착하구나.'라며 감탄(?)을 하는 사람을 가끔 만난다. 그럴 때면 나는 의아하다. 보기에는 어째서 저런 소리를 할까 싶은 것이다. 나 원래 착한데….

내가 편의점을 한다고 하자 친정엄마는 걱정이 이만저만이 아니었다. 편의점에서 근무하다가 손님과 다툼이 있었다는 얘기라도 듣게 되면 우리 엄마는 매번 전화를 해서 "네 성격에 걱정이다."로 시작해서 무조건 친절하라며 거듭 잔소리를 한다. 건성으로 "알았어요, 알았어요." 하다가 한번은 진지하게 얘기를 했다.

"엄마, 우리 가게에 드나드는 손님들이 한 번에 평균 얼마를 쓸 것 같아?"

평균 객단가를 얘기하려는 것인데 손이 큰 우리 엄마는 아무리 안 돼도 몇 만 원씩은 쓰고 가지 않겠느냐고 했다.

"2021년 우리 가게를 드나드는 손님 평균 객단가는 7,101원이었어. 그나마 지금 옮긴 가게는 단지 안에 있다 보니 손님들이 생필품 같은 걸 우리 가게에서 해결하니 이 정도지, 전에 주로 거리 지나가는 손님들을 상대로 장사할 때는 평균 객단가 2,500원도 안 됐어. 단가가 싸다고 불친절하지도 않지만 그 이상을 바라는 손님이 있으면 그것도 오버 아냐?"

그러자 잠시 고민하던 엄마는 그래도 찾아주는 고마운 손님들이니 무조건 친절하라고 다시 당부를 한다. 만날 때마다 듣다 보니 지겹기까지 한데, 엄마는 하필 딸 중에 제일 불친절하고 퉁명스러운 네가 손님을 직접 상대하는 장사를 하게 될 게 뭐냐고 안타까워한다.

우리 남편 이 사장은 내가 손님과 문제가 생기면 앞뒤 사정을 묻지도 않고 내 편을 든다. 나를 죽도록 사랑해서 그런 것인가 생각하면 오해다. 그저 합리적으로 추론해서 그렇다는 것이다. 가게를 운영하는 내가 장사를 잘하고 싶은 것은 당연한 일인데 찾아오는 손님에게 먼저 불친절할 리가 없을 것이라는 것. 그럼에도 불구하고 큰소리가 났다면 당연히 상대가 무리한 요구를 했을 것이라고 생각한다는 것인데, 일리가 있는 말이다. 장사를 시작한 이상 나는 돈을 많이 벌고 싶은 사람이다. 가식적으로라도 친절하다. 객단가가 7,101원이지만 나는 그 몇 배로 친절하다. 그럼에도 불구하고 가끔은 무리한 친절을 요구하는 사람들이 있다. 나는 절대 먼저 공격하는 사람이 아니니 참으려고 하지만 가끔 도를 넘을 때가 있다. 그럴 때 나의 방어용 전투력이 나타나게 되는 것이다.

　중국에 있을 때 휴가를 이용해서 우리 모자를 보러 온 남편과 백두산 여행을 갈 때 이야기다. 침대 기차를 타고 10시간 이상을 가야 한다니까 남편은 아이스박스를 구해서 맥주를 담아 가자고 했다. 대부분의 중국 사람들이 찬 음료를 먹지 않으니 기차에서 파는 맥주도 상온의 것을 팔기 때문에 생각해 낸 아이디어인데, 봉지 얼음을 구할 수가 없었다. 그래서 생각해 낸 것이 사우나나 호텔에 가서 얻어보자는 것이었다. 한국인이 운영하는 사우나를 찾아가 작업장 쪽으로 가니 조선족 청년이 삽으로 불 붙은 숯을 퍼내고 있었다. 뜨거운 것을 식히기 위해서 분명히 얼음을 쓸 것이라는 생각으로 청년에게 얼음을 사고 싶다고 공손하게 말했더니 청년이 아주 무뚝뚝하게 안 판다고 딱 잘라 말했다. 그러더니 따라오라는 것이다. 작업장을 찾아간 우리를 내쫓으려고 하나 보다 싶어 주눅이 들어 청년을 따라갔다. 그런데 청년은 작업장 한쪽 대형 냉동고 문을 열더니 들고 있던 삽으로 한 삽을 뜨더니 우리에게 받으라고 하는 것이다. 얼떨결에 아이스박스를 열어 받으면서 물었다. "아니, 안 파신다면서요?" 하자 청년이 말했다. "우리는 얼음을 팔지 않아요. 그냥 줍니다." 기차를 타고 가면서 아이스박스에 든 찬 맥주를 마시면서 생각할수록 이상한 청년이라고 내내 이야기를 했다.

겨울이 긴 그곳은 10월 초부터 영하로 떨어져서 4월까지 눈이 내렸다. 온도가 그렇다 보니 아이스크림도 바구니에 담아 길에 내놓고 팔았다. 지천에 널린 게 얼음이었다. 그런 얼음을, 어디서 깍쟁이 같은 한국 사람들이 와서 팔라고 하니까 반자본주의적 사고(?)를 하는 청년은 이해를 하지 못했던 것이다. 돈 받고 팔 수 있는 게 있지, 아무리 돈이 좋다고 해도 계절 바뀌었다고 지천에 널린 것을 돈을 받고 파는가!!

엄마에게 나는 그 얘기를 해줬다. "늘 있는 자연스러운 것을 굳이 팔라고 하면 되겠어요? 나는 친절을 팔지 않아요. 그냥 줍니다." 그때 만났던 조선족 청년 말투를 흉내 내는 내 말에 엄마는 깔깔깔 웃으신다. 말이 되네, 친절은 만주 벌판 얼음처럼 늘 쉽게 구할 수 있는 건데 그걸 굳이 돈으로 사려고 하니 못 사는 거네. 손님들이 어리석었네!

나는 친절을 팔지 않는다. 찾아주는 고객 모두에게 감사한 마음을 늘 장착하고 있는 내 친절을 돈으로 계산하려는 얄팍한 자본주의자들에게는 돈을 줘도 안 파는 것뿐이다.

편파적 고객 사랑

:

술 취한 단골손님의 물건을 계산하면서 몇 마디 농담을 주고 받으며 웃었더니만 뒤에서 기다리던 다른 손님이 화를 낸다. 괜히 화를 낸다 싶어 대꾸도 안 했는데 계산 끝내고 그냥 가기 억울했는지 내게 몇 마디 한다.

"사장님은 정말 손님 차별하시는 거 같아요. 나는 여기 오래 드나들어도 사장님이 농담하며 웃는 거 못 봤는데 지금 보니 사람을 보고 차별하신 거였네요."

뭐라고 대답도 하기 전에 봉지를 획 들고 나가면서 문 앞에서 한마디 더 한다.

"봐요, 그 손님이 열어놓고 간 이 문도 저는 닫아주잖아요!"

장사 몇 년 만에 시샘을 부리는 손님은 또 처음이다.

"남이 열어둔 문 하나 닫아주면서 생색 내는 성격이니 대꾸하기 싫었겠지, 별걸 다 갖고 시샘질이셔!"

혼자 구시렁거리고 말았지만 그 사람의 말이 틀린 것은 아니다.

우리 가게를 드나드는 손님 중에 내가 편파적으로 좋아하는 손님들이 있다. 야간 당직을 마치고 아침에 퇴근하면서 샌드위치나 삼각 김밥과 함께 캔 맥주를 하나씩 끼워 사 가는 앳된 얼굴의 간호사들! 밤을 새우고 나서 빡빡한 입맛에 편의점 샌드위치나 삼각 김밥을 먹는 것이 처음엔 안쓰러울 때가 있었다. 게다가 어쩌다가 앳된 아가씨들이 매일 아침마다 술을 사게 됐을까 의아했다. 그러나 나도 밤낮이 바뀐 생활을 하고, 같은 처지에서 그들을 지켜보니 특이한 식습관이 이해가 됐다. 말하자면 저 손님들에게 아침은, 보통 직장인들의 저녁 시간과 같은 것이다. 다른 사람들이 저녁 먹듯 아침으로 삼각 김밥, 반주로 캔 맥주 하나. 아마 주변 사람들의 편견이 없었다면 몇 캔 더 사지 않을까? 귀엽고 앙증맞은 소비를 하는 그녀들을 나는 가장 좋아한다.

회사를 간식 사 먹는 재미로 다니는 것 같은 위층 홈쇼핑

여직원들도 내가 사랑하는 손님들이다. 이 언니들은 남자 친구를 만나는 것보다 편의점 신상품 찾아내는 일을 인생 최대의 기쁨으로 삼고 있는 것은 아닌지 의심이 들 정도로 신상품 찾기에 여념이 없다. 이미 출시된 상품은 물론이고 짤막하게 곧 GS25에 출시될 예정이라고 뜬 기사까지 찾아와 보여주며 입고가 됐는지 확인하기도 한다. 그 바람에 신상품이 뜨면 판매 추이를 예상하지 않고 먼저 주문을 한다. 한동안 우리 가게가 신상품의 성지로 소문이 나서 멀리서도 찾아오는 손님들이 있을 정도였으니 그 손님들과 내가 얼마나 호흡이 잘 맞았는지 짐작이 갈 것이다. 또래 고객들에게 인기 있을 상품들을 먼저 찾아내면서 소비 규모도 적지 않은 이 손님들, 아주 사랑스런 고객님들이다.

좋아하는 고객이 있는 만큼 미워하는 고객도 심심치 않게 있다. 매일 만나는 사람들이라 크게 미운 짓을 하지는 않지만 만날 때마다 나도 저 얄미운 손님한테 언젠가 한번 골탕 좀 먹여줘야지 벼르기도 한다. 그러나 번번이 나의 패배로 끝난다.

근처 병원 원무과에 근무하는 쪼잔한 아저씨. 아침마다 담배를 사면서 "늘 피우는 담배로 주세요."라고 말을 한다. 가끔 누구한테 선물 받은 빵이나 음료수를 들고 와 퇴근할 때 찾아 간다면서 맡긴다. 그까짓 거 선물을 받았으면 사무실 사람들하고 나눠 먹으면 될 것을! 굳이 일하는 시간에 들고 나와 맡겨 놨다가 찾아가는 걸 보면 쪼잔하기까지 한 성격일 것이다. 문제는 하루에 드나드는 손님만 수백 명인 가게에, 수십 종도 넘는 담배 중에서 자신이 피우는 담배를 내가 꼭 기억해야 할 정도로 자기가 VIP라고 생각하는 뻔뻔함까지 갖췄다는 것이다.

이 손님이 어느 날도 "늘 피우는 담배로 하나 주세요." 했는데 왠지 무시하고 싶어서 모르는 척 "그게 뭐죠?" 한 적이 있다. 그런데 맘과 다르게 내 손이 이미 에쎄 스페셜 골드로 가고 있었다는 게 함정. 그날 이 뻗대기 게임은 또 나의 패배로 끝나고 아저씨는 '역시 나는 이 집 VIP야.' 하는 듯한 당당한 얼굴로 가게를 나섰다. 참 얄미운 단골이다.

손님을 대하는 내 감정은 겉으로 표시가 나는 모양이다. 좋아하는 감정이든 싫어하는 감정이든 상대방이 내 속마음을 제대로 이해하면 좋으련만 가끔 잘못 이해해서 난감하게 하는 고객님도 있다.

처음 문을 열었던 편의점은 근처에 화상 경마장이 있었다.

경마가 스포츠라고는 하지만 경기를 직접 관람하는 것이 아니라 화상을 통해서 보는 것이고, 돈이 걸린 게임이기 때문에 도박에 가깝다. 드나드는 사람들 면면을 보면 도박 중독자인 경우가 허다하다. 중독자들이니 경마가 있는 날은 어김없이 나타난다. 몇 년 동안 얼굴을 보다 보니 서로 얼굴을 익힌 사람들이 있다. 원하지 않았지만 단골손님들이다. 도박 중독자들 일상의 한 부분에 내가 들어가게 된 것인데, 마음이 몹시 괴로웠다.

중독자 무리 중에 꼬질꼬질한 손으로 돈을 건네며 라면을 사는 노숙자 아저씨가 있었다. 분명 노숙자인데 어디서 돈이 생기는지 경마가 열리는 금·토·일요일에는 반드시 나타난다. 돈을 잃지 않은 날이면 경마가 끝나는 오후 6시 이후에 오지만, 보통은 오전에 이미 가진 돈을 다 날리고 점심때부터 가게 앞 파라솔을 차지하고 있다. 오전에 산 소주를 담은 생수병을 들고 있으니 우리 가게 물건을 산 고객이라 자리를 비우라고 할 수도 없다. 심심해지면 아저씨는 가끔 매장 안으로 들어오는데 불편한 다리 때문인지 매대 여기저기를 손으로 짚으며 돌아다닌다. 하루는 지팡이를 짚고 불편한 자세로 시식대에 서서 뜨거운 라면 물을 받으려고 하기에 급히 달려갔다. 그랬더니 도와주려는 것으로 알고 부탁을 한다. 파라솔에 앉아서 라면을 먹고 싶은데 도와주려면 물을 부어서 가져다주겠느냐는 것이다. 원하는 대로 재.빨.리. 해줬다. 주인아줌마가 너무 친절해서 좋다고 칭찬을 한다.

사실은 너무 심한 악취를 견디기 힘들어 오래 머물까 봐 도와준 것인데, 아저씨는 나의 친절(?)에 감명받은 것이다. 라면을 먹은 뒤에도 커피를 마시겠다고 오후 내내 두 번이나 드나들었다. 인스턴트커피 컵을 뜯어 뜨거운 물을 부어야 하는데 서툴러서 그때마다 달려 나가 또 재.빨.리. 도와줬다. 친절하다고 계속 칭찬을 한다.

아이고…! 그 후로 아저씨는 내 속도 모르고 우리 집 주말 단골손님이 됐다.

야박한 사장님

:

"거, 낮술 마신 사람이 술김에 욕 한번 한 거 갖고 뭘 야박하게
경찰을 불러?"

그렇다, 난 부당하게 듣는 한마디 욕도 공권력을 이용해 제
압하는 야박한 여자다.

가끔은 손님에게 비굴하게 행동해야 하나 갈등을 하지 않
는 것은 아니지만, 나는 때때로 야박하고 때때로 불친절하다.
밤낮없이 일해야 하는 편의점 일을 하면서 부당하게 듣는 욕
을 참아야 할 정도로 비굴할 필요가 있나. 필요한 시간에 필요
한 물건 제공하는 가게니까 살 사람은 어떻게든 오게 돼 있다.
그러자고 목 좋은 비싼 가게 얻어 장사하는 것 아닌가?

음주에 남녀가 따로 있나

:

저녁 즈음 매일 막걸리를 사러 오는 멋쟁이 아줌마 손님이 있다. 나는 매일 막걸리 한 병씩 마셔주는 사람을 좋아하는데 이 아줌마 손님은 그게 부끄러운 모양이다.

마치 다른 물건을 사려다가 막걸리를 발견한 것 같은 행동을 하기도 하고, 뭘 고르려다 할 수 없이 막걸리를 골랐다는 듯 연기를 하기도 한다. 매일 마시는 걸 남들이 아는 게 싫은 것 같은 아줌마에게 계산을 하면서 넌지시 아줌마의 음주를 지지(?)한다는 표시를 했다.

"이거 매일 마시니까 다이어트 되더라고요. 저도 집에 갈 때 매일 한 병씩 가져가요."

"오호호호호, 그러시구나."

그런 다음 며칠 동안 당당하게 사 가던 아줌마가 이제는 주종을 바꾸고 싶었던가 보다.

"매실이 속 아플 때 좋다면서요? 속이 아파서 매실주를 가져가야겠네. 오호호호." 하면서 매실주를 샀다. 오늘도 비슷한 시간에 온 아줌마는 묻지도 않는데 또 속이 안 좋다면서 전날 샀던 술을 집어 든다. 아, 이번에 나는 배앓이 자주 하는 아들을 매실주로 치료했다고 거짓말이라도 해야 하나. 누가 뭐라고 한다고 자꾸 변명을 하는지…. 지금도 야외 테이블에 앉아 있는, 매일 막걸리를 들이켜는 저 아저씨는 당당하기만 하구먼.

친구들과 맥주를 마시다가 이 아줌마 손님 얘기를 해줬다. 얘기를 들은 한 남자 친구가 "이상하네!" 한다. 보통 편의점에서 맥주 한 캔을 사면 술이 약하다고 무시할까 봐 자기는 꼭 두 캔을 산다는 것이다. 보통 그런 게 정상이라나. 말하는 얼굴을 보니 진지하기에 그건 또 무슨 허세냐고 욕지거리를 해주고 말았다.

나는 술에 있어서만큼은 아주 평등한 교육을 받고 자랐다. 아버지는 사람들과 어울리는 자리를 좋아하셨고 그런 자리에는 술이 빠질 수가 없었다. 집에 술손님들이 오는 경우에는 매번 부모님이 함께 술상에 마주 앉아 마셨다. 하지만 술이 약한 아버지는 손님이 자꾸 술을 권하면 금방 취기가 오른 듯했고 아버지의 상태를 눈치챈 엄마가 술잔을 슥 바꿔치기해서 마시곤 했다. 그랬는데도 마지막에 취하는 것은 아버지였다. 한번은 내가 그걸 봤다면서 술이 약한 아버지를 놀렸더니 엄마가 술이 세서 아버지는 무척 자랑스럽다고 진지하게 말씀하셨다. 대학에 입학하자 아버지는 내게 밥을 사줄 때 꼭 술을 같이 사주셨다. 그때마다 아버지는 자신은 잘 못 마시는 소주를 넙죽넙죽 받아 마시는 나를 보며 청출어람이 따로 없다고, 그 점에 있어서 딸 교육 하나는 잘 시켰다며 몹시 흐뭇해하셨다.

술을 좋아하는 데에는 남녀에 차이를 둬서는 안 된다고 행동으로 가르치신 우리 부모님이다. 적어도 우리 집에서는 그것이 술이든 다른 무엇이든 기호의 차이로 성별을 의식하는 편견을 가르치지 않았다. 그런 반듯한 집안에서 자란 내가 내 가게에서 술을 사면서 매번 변명을 하는 행위를 좋게 보겠는가?

기호식품 하나로 성별에 따른 편견을 드러내는 손님들을

위해 문 앞에 크게 써 붙이고 싶다. "과도한 음주는 남녀를 불문하고 편의점 점주의 사랑을 받습니다!"

장사꾼 규옥 씨

:

마트나 편의점 계산원들의 스트레스 중 하나가 손님들이 하는 반말일 것이다. 반말에는 묘하게 무시하는 감정이 실려 있다. 불쾌한 표정을 지으면 조심하는가 싶다가도 어느새 다시 반말도 아니고 존댓말도 아닌 말로 얼버무리기도 한다. 주로 알바 학생들이나 주부 알바들에게만 그러니 더 괘씸할 수밖에.

카운터에 물건을 잔뜩 늘어놓고 이것저것 골라다 놓는 손님에게 "봉지 필요하세요?" 하니까 "아, 그럼 이걸 어찌 들고가?" 한다. 늘 반말도 아니고 존댓말도 아니게 말하는 능청꾼이다.

"봉지 값 받으려고 그러지. 나중에 딴소리 할까 봐." 나도 냅다 반말을 했더니, "그려, 그려!" 하며 싫지 않은 내색이다.

얼음 컵을 고르기에 "술에 부어 먹으려면 빅 볼을 사야지." 하니까 "오, 그려?" 한다.

반말에 맛 들린 내가 "커피 부어 먹는 얼음은 금방 녹잖아. 그럼 술이 맛이 없지." 했더니, 빅 볼을 여러 개 담는다. 빅 볼은 일반 컵보다 두 배 비싸다.

내 이름은 또 언제 봤는지 "규옥 씨가 이제야 장사꾼 같네. 실력이 늘었어." 그러면서 흐뭇한 표정으로 나간다.

뭐야? 반말이 좋은가? 욕쟁이 할머니네가 장사 잘되는, 뭐 그런 원리인가? 앞으로 종종 이 말투 써먹어야겠다.

손님은 딱 내 스타일

:

편의점 계산대에 서 있으면 세상은 생각보다 밝고 맑고 아름답다는 걸 느낄 때가 있다. 그런 걸 깨닫게 해주는 손님들을 만나는 게 편의점 점주의 일상 즐거움 중 하나다.

가끔 혼자 와서 도시락을 사 먹고 가는 손님이 있다. 한눈에도 매우 소심한 성격이라는 게 보이는 손님이다. 어느 날 라면을 먹고 치우던 이 손님이 얼굴까지 빨개져서는 어쩔 줄 몰라 하며 내게 바닥을 가리켰다. 라면 국물을 바닥에 쏟은 것이다. 내가 괜찮다고 하는데도 혼자 치우면서 내내 미안해한다. 창피해서 그러나 싶어서 물걸레로 한번 닦아주고 나는 일부러 바쁜 듯 매대 뒤쪽 안 보이는 데로 가서 물건 정리하는 척을 했다. 다 치운 뒤에도 그냥 나가면 되는데 굳이 나를 찾다가 쭈뼛거리며 가버렸다. 너무 소심한 남자라 다음부터 안 오는 게 아닌가 했는데 다음 날 또 와서 도시락을 먹고 간다.

몹시 더운 날, 아동 도서를 배달한다는 광고판이 붙어 있는 소형 배달 차를 주차장에 임시로 세워두고 온 이 남자, 더운지 땀을 잔뜩 흘리며 들어왔다. 얼음 컵에 부어 먹는 커피를 골라서 신용 카드를 내밀고 계산을 하려던 순간, 택배 수거 기사님이 물건을 가지러 들어왔다. 그 택배 수거 기사님을 보자 이 손님, 얼음 컵을 뜯어서 봉지 커피를 붓는다. 계산이 끝나기 전에 물건을 뜯는 무례한 타입의 손님이 아니었기에 나는 조금 어리둥절해졌다. 택배 기사님이 물건을 수거해서 나가자 남자가 커피를 들고 급히 뛰어나간다. 물건을 싣고 떠나려는 택배 아저씨에게 볼일이 있는 모양인데, 크게 부르면 될 것을 뭘 굳이 더운 날에 달려 나가나 싶었다. 아마 소심해서 목소리를 내지 않고 직접 달려간 것 같았다. 맡긴 카드를 손에 든 채 유리문 너머로 지켜보니, 남자는 아무 말 없이 아이스커피를 기사님에게 건네주고 돌아온다.

택배 기사님이 가게에 들어올 때 인사를 하지 않은 것을 보면 분명 아는 사이는 아니다. 그래도 더운 날씨에 수고한다고 커피 한 잔 대접하고 싶었던 모양이다.

남자가 다시 돌아와서 자기가 마실 커피를 다시 골라 내놓는데, 눈을 마주치면 선행을 들켜서(?) 쑥스러워할까 봐 고개를 숙인 채 카드를 긁고 내줬다.

잘생긴 데다가 소심한 성격, 이런 손님들이 딱 내 스타일이다.

솜씨가 없어서 슬픈 미담

:

늘 조용히 몇 가지 종류의 담배만 잔뜩 사 가는 부부가 있다.
나와는 서로 별 인사도 나누지 않았는데, 어느 날 여자 손님이
포일에 싸인 김밥 두 줄을 놓고 갔다. 평소에 볼 때마다 내게
뭘 주고 싶었는데, 마침 김밥을 말게 돼서 몇 줄 더 말아서 가
져왔다는 것이다. 그러면서 덧붙이기를 자기가 음식을 안 해
봐서 맛은 없을 것이란다. 손님에게 갑자기 이런 선물을 받으
면 몸 둘 바를 모르게 황송하다. 그래도 놓고 간 거니 먹자며
포일을 뜯어 한 개 먹었다.

.

.

.

보통 이런 이야기의 끝은 '김밥이 너무 맛있기까지 해서 눈

물이 났다.' 그런 스토리여야 할 텐데…. 김밥이 맛없기 쉽지 않은데, 그 김밥은 심심하고, 뻑뻑하고, 싱거웠다. 정말 음식을 안 해본 사람이 처음으로 만든 김밥 같았다.

며칠 후에 그 손님이 또 와서 담배를 주문하면서 베이지색과 검은색 중에 무슨 색을 좋아하느냐고 지나가는 말처럼 물었다. 이유도 묻지 않고 나는 주문한 담배를 꺼내며 무심히 검은색이라고 대답했다. 그러자 계산을 하고 나가더니 비닐에 든 무언가를 들고 다시 들어온다. 남편이 외국계 스포츠 기업에 가방을 만들어 납품했는데, 그 회사가 갑자기 업체를 베트남에 있는 공장으로 바꾸는 바람에 문을 닫았다는 것이다. 그래서 처분하지 못한 재고를 여기저기 고마운 분들께 드리려고 한다면서 제일 먼저 가져왔으니 받으라는 것이다. 폐업한 회사 재고라고 하니 받으면서 황송하기도 하고 짠하기도 했다.

그 뒤 며칠이 지난 어느 날, 가게 밖에 내놓은 오븐에 굽는 고구마가 익었다는 신호음에 나가 보니 그 손님들이 멀리서 걸어오는 게 보였다. 얼른 뛰어 들어가 고구마 봉투를 들고 나와 방금 구운 고구마를 담아서 손님에게 내밀었다. 안 받겠다고 하다가 결국 고맙다며 받아 가면서 몇 미터쯤 가서 둘이 작게 말하는 소리가 들렸다.

"와, 따뜻해서 더 맛있겠다. 이런 건 김치랑 먹어야 하는데…."

아, 저 부부 집에 김치가 없구나.

아침에 출근하는 이 사장 편에 며칠 전에 담근 백김치와 간장 새우장을 담아 들려 보냈다. 가게 냉장고에 뒀다가 그 손님들이 오면 줄 생각이었다.

며칠 만에 온 그 손님들에게 음식을 전했다. 맛이 어떨지 확인하는 맘으로, 담가만 두고 먹지 않았던 백김치와 간장 새우장을 꺼내 나도 먹어봤다. 새우장은 그럭저럭 먹을 만한데, 백김치가 정말 아무 맛도 없이 배추 맛만 난다. 인터넷에 검색한 대로 온갖 재료를 넣고 끓인 과일 육수를 잔뜩 넣었는데 저렇게 맛없기 쉽지 않을 것 같다.

이 아름다운 이야기는… 그래서 서로 맛없는 음식을 해서 나눠 먹었다는 것으로 끝을 맺는다.

너무 친해도 힘들어

:

"멀리 있는 친척이 가까이에 있는 이웃사촌만 못하다."라는 속담이 있다. 멀리 있어 자주 못 보는 친척보다 가까운 곳에 있어서 매일 보는 남이 사람들에게는 더 필요한 것인지 모르겠다. 그 속담을 내 식대로 다시 만들면 "멀리 있는 친척이 가까이 있는 '편의점 주인'이나 '알바생'만 못하다."가 될 수 있다. 도시 생활에서 이웃을 만나기는 힘들어도 가까운 편의점 주인이나 알바생은 매일 만나니 충분히 그럴 수 있지 않은가?

그런데 가게에서 매일 만나는 사람들인데도 불구하고 인사도 안 받고 무뚝뚝한 사람들이 있다. 불친절하다고 생각하다가도 사소한 일에서 '저 사람도 사실은 나를 매일 만나는 사람으로 인식은 하고 있구나' 느껴질 때가 있다. 무뚝뚝한 것이 아니라 단지 친밀감을 표현하는 것이 부담스러운 사람인 것이다. 사람들을 상대하다 보면 친밀감을 드러내는 것도 조절이 필요하다는 걸 알게 된다.

우리 가게에 내가 제일 좋아하는 뮤지컬 배우가 다녀갔다. 계산하면서 뭘 묻는데 목소리가 역시 최고였다. 배우에게 알은체를 하고 사인을 받을까 하다가 참았다. 2+1 만두에 막걸리 사서 마시는 모습을 누가 보고 있다면 싫을 수도 있으니까. 보내 놓고 나서야 말이라도 좀 걸어봐야 했나 후회했다.

한번 인사를 나눈 손님에게는 나도 매번 간단한 인사를 한다. 그러나 어떨 때는 그러는 것이 부담스러운 것이 아닐까 걱정이 되기도 한다. 일반인이 그럴진대 사람들이 알아보는 연예인이면 더 그렇지 않을까 싶어서 한번 인사를 했던 뮤지컬 배우를 이번에는 모른 척한 것이다. 그래 놓고 한편으로는 상대가 명색이 배우인데 이번에는 못 알아본 게 혹시 섭섭한 게 아닐까 걱정도 한다.

장사를 하다 보면 완급 조절이 필요한데, 그게 말처럼 쉽지 않다. 주인인 나도 그렇지만 가끔은 손님들도 친밀감을 표시

하는 정도가 조절이 안 돼 불편한 사람들이 있다.

　동네에 유난히 넉살이 좋은 사람이 있다. 이 남자가 어느 날부터 내게 '누님'이라고 부르기 시작했다. 남동생도 없고 후배들한테도 누님 소리를 들어본 기억이 많지 않다 보니, 그 사람이 부르는 '누님' 소리는 들을 때마다 상당히 부담스러웠다.

　매일 저녁마다 문을 벌컥 열며 "누님!"을 외쳐대는 남자. 하루도 취하지 않은 날이 없는 이 사람은 동네가 떠나가라 소리를 지르지 않나, 커피를 내리는 잠깐 동안 나에게 윙크를 해대며 "나는 누님이 여기서 장사해서 너무 좋아." 어쩌고저쩌고한다.

　어릴 때 잃어버린 누이라도 만난 듯 반가워하며 떠들다 가는데 부담스러워도 어쩌겠는가! 어색하게나마 받아줘야지.

　급기야는 어이없는 '오버'를 하고야 만다. 이 사장과 내가 같이 가게에 있었는데 이 남자, 이 사장을 보자 반가운 표정으로 "매형!" 해버린 것이다. 문제는 이 사장은 나처럼 그런 넉살을 받아 넘길 정도로 친절하지 않다는 것. '뭐여?' 하는 표정으로 바라보자 천하의 넉살 좋은 이 남자도 뻘쭘해져서는 얼굴이 벌개졌다. 내가 다 안쓰러울 지경이었다.

　며칠 후 출근하는데 이 남자가 가게 건너편에 쭈그리고 있었다. 여기서 뭐 하느냐고 인사를 하자, "가게 안에 누나 없이 매형만 있어서 누나 올 때 기다리는 거여. 매형 짜증 나." 한다. 넉살은 좋은데 소심한 남자다.

같은 일을 하는 형, 조카들(아마 이들도 친형, 친조카는 아닐 듯)을 잔뜩 데리고 들어온 어느 저녁, 캔 맥주를 잔뜩 주문한다. 추워서 바깥 테이블에 못 나가고 가게 안 탁자에서 마실 작정이다. 여자 손님이 그나마 덜 취했기에 매장 안에서는 술을 못 마시게 되어 있다고 말했더니 남자에게 가서 내 말을 전한다. 그러자 이 남자, "괜찮아, 여긴 우리 누나 집이라 누가 뭐라고 안 해." 한다.

나이 들어 생긴 남동생의 술주정에 나는 그만 규칙을 어기고 "그럼 남들 안 보게 좀 가리고 드셔." 하고 말았다. 속으로 '당신 매형이 알면 나만 잔소리 바가지로 들어.' 하면서.

헤어짐은 아쉬워

:

우리 가게를 드나들던 손님들 중에는 이사하면서 그동안 감사했다는 인사를 하며 가는 사람들이 있다. 가끔씩 들러 커피 한 잔을 사서 마시고 가던 수줍음 많은 청년이 그랬고, 매일 하루 서너 번씩 소주를 사러 왔던 주당 총각도 그랬고, 곧 졸업하게 돼서 고향으로 내려간다던 여학생이 그랬다.

늘 웃으며 인사하던 신혼의 여자 손님이 이사를 가던 날도 그랬다. 결혼해서 이곳으로 이사를 와서 낯설었다던 예쁘장한 새색시, 퇴근해서 단지 안에 들어서면 만날 때마다 상냥하게 맞아주는 우리 가게가 있어 좋았단다. 늘 고마웠다며 선물을 주고는 제대로 인사할 틈도 없이 후다닥 가버렸다. 설렁설렁 똑같이 마주치는 사람들인데도 상대는 어쩌면 나를 특별하게 대했을 수도 있겠거니 생각하니 '앞으로 좀 더 잘 살아야겠다.' 싶었다.

경기도 기흥에서 근무하다 훨씬 좋은 조건으로 이천에 있는 회사로 스카우트됐다며 억대 연봉 계약서까지 보여주던 남자가 있었다. 퇴직하자마자 바로 경쟁 업체로 이직할 수 없다는 그 동네 규칙에 따라 반년 동안 유급 휴가를 다녀왔을 때도 일일이 보고(?)를 할 정도로 친근했다. 휴가 기간 동안 남태평양 휴양지에서 제대로 태운 피부를 보여주며 어울리느냐 묻기도 하고, 남은 휴가 기간에 꼭 하겠다던 눈썹 문신을 완성하고 와서도 잘됐는지 봐 달라 하기도 했다.

옮긴 회사의 셔틀버스가 다니는 서울 어디로 이사를 간다며 일주일 전부터 보고를 하고는 꼭 마지막에 아쉽다는 말을 잊지 않았다. 어느 날 드디어 다음 날 간다며 마지막 인사를 하러 왔기에, 나도 뭔가 송별사를 해야 할 것 같아서 한마디 했다.

"우리나라 첨단 반도체 산업을 잘 책임져주시고요, 그러려면 건강하세요."

사장님 말씀을 들으니 책임이 무거워진다며 이사를 가도

109

꼭 다시 놀러 오겠다며 거듭 아쉬워하며 나갔다. 나간 자리에
는 평소처럼 얼음 컵에 따르던 봉지 커피를 흘려놓았다. 좀 칠
칠치 못해도 꽤 다정한 고객이었는데 나도 좀 아쉬웠다.

　단순히 장사꾼과 손님 이상의 관계를 넘지 못한다고 생각
했지만 그런 생각에서 벗어나게 된 것은 이런 손님들은 만나
게 된 후부터다. 우리 부부는 가게에서 만나는 사람은 그저 손
님 이상은 아니라고 생각했었다. 그런데 장사 시작한 지 7년여
만에, 헤어지면서 아쉬워하는 손님들을 보며 장사도 사람 사
이의 관계를 이어나가는 일이라는 것을 깨닫는 중이다.

3

:

글을 부르는 손님들

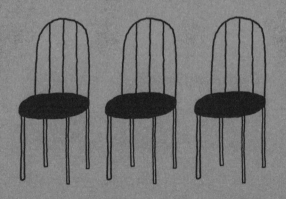

싸가지 없는 점주로 남으리

:

GS25 편의점의 모든 매장 안에는 '고객상담실'이라는 푯말이
붙어 있는 문이 있다. 모르는 사람이 보면 그 안에서 손님과 상
담을 하거나 알바생 면접을 보거나 그도 아니면 근무자들이
간단한 식사를 할 수 있는 공간이겠거니 생각할 수도 있지만,
사실은 진열하고 남은 과자를 쌓아두거나 청소용 도구를 두거
나 다용도로 쓰는 개수대 정도가 놓여 있는 창고이다. 이곳은
근무자들만 드나드는 방이다 보니 문 바로 옆에 근무자들을
위한 지침이 되는 문장이 적힌 종이가 붙어 있다.

살펴보자면, 첫 번째 조항은 '용모 복장 점검하기'이다. 머
리 모양, 명찰 패용, 유니폼을 착용하는 복장 규정과 외모 청결
조항까지 포함해서 다섯 개인데 나는 이 다섯 개 중에 두 가지,

조끼를 입고 명찰을 패용하는 조건만 지킨다. 그나마 알바생들에게는 일하다가 필요한 볼펜이나 커터칼 등을 주머니에 넣어둘 수 있어 그때그때 찾아 쓰기 쉬우니 작업복 개념으로 조끼를 입으면 좋다고 하지만, 입기 싫어하면 강요는 하지 않는다.

두 번째 조항은 '접객 6대 용어 연습하기'이다. 인사, 팝 카드와 포인트 사용 여부 묻기, 가격 안내와 현금 영수증 발급 여부, 거스름돈 안내, 인사에 대한 내용이다. 나는 손님맞이 인사와 포인트 사용 여부 묻기, 배웅 인사 세 가지만 한다. 한번은 세 가지 멘트를 하는 나를 지켜본 한 단골손님이 내게 "어떻게 그걸 빼놓지 않고 매번 얘기하느냐?"면서 이 짓도 못할 일이라며 고개를 절레절레 젓고 나간 적이 있다. 내가 거기 써진 6대 용어를 다 실행하면 아마 단골손님들 중에는 자기가 뭐 잘못한 게 있어서 이러는 거냐고 되물을 손님이 꼭 있다는 것에 500원을 걸 수도 있다. 써진 대로 하자면 친절이 너무 과해 보일 것이다.

세 번째 조항은 '진심 어린 서비스 행동'이다. 단골 고객과 유대감을 형성한다거나 고객에게 올바른 경어를 사용하라는 설명부터 반품이나 환불을 해야 하는 상황이 생기면 먼저 사과를 한 후 처리해 준다거나 심지어는 도시락 등을 직접 데워서 주라는 설명까지 있다. 말하자면 친절 가이드인 셈이다. 나는 야간 근무 시간에 혼자 가게를 지키다가 손님이 무언가를 요구할 때 될 수 있으면 카운터 밖으로 나오지 않고 해결하려고 하고, 알바생들에게도 그렇게 하라고 시킨다. 야간에 혼자 근무하며 혹시 일어날지 모를 불미스러운 일을 방지하기 위해서이다. 그러므로 가공식품을 직접 데워서 주라는 조항은 이해할 수 없다. 설령 고객이 요구를 한다고 해도 들어주기 힘든 조항 아닌가?

이 안내문 한쪽에는 "연습 시 밝은 표정과 함께 큰 목소리로 복창하도록 합시다."라는 문장이 쓰여 있지만 나는 한 번도 알바생들에게 이 설명서를 읽어보라고 권유한 적이 없다.

본사에서 내놓는 가이드라인이 있지만 나는 상식선에서 친절하려고 한다. 작업하기 편한 적당한 복장, 거슬리지 않을 정도로 하는 인사, 포인트 혜택 등을 알고 있는 단골에게는 굳이 따로 설명하지 않을 정도의 실용적인 안내면 되지 않을까?

처음 가게를 시작했을 때, 새벽 시간에 잠이 안 와서 동네를 산책한다는 점잖고 부유해 보이는 손님과 문제가 생긴 적이 있다. 짐 정리까지 다 끝낸 새벽 시간에 담배를 사러 온 손님에게 어서 오시라는 인사를 하고 담배를 팔았다. 카드를 돌려주며 안녕히 가시라고 했는데 목소리가 작았던 모양이다. 손님이 갑자기 "인사 안 해?" 하는 것이다. 지금이라면 노련해서 그냥 다시 인사를 했을 텐데, 그때는 괜히 억울해서 방금 인사를 했다고 했더니 손님이 못 들었다는데 왜 말대꾸를 하느냐면서 화를 냈다. 인사는 마음에서 우러나와서 해야 하는 건데 못 들었다고 다시 하라고 하면 인사가 나오겠느냐고 반박했더니 본사 교육을 못 받았느냐고 소리를 질렀다. 그러면서 어디서 그런 싸가지 없는 행동을 하느냐고도 했다. 나는 보다시피 싸가지 없는 점주니까 우리 가게에 다시 오지 말라고 소리를 질렀더니 창고에서 물건을 정리하던 남편이 듣고 뛰어나왔다. 손님과 고성이 오가는데 남편은 앞뒤 사정 얘기를 듣지 않고 남자의 멱살을 잡아 끌어냈다. 가게에 여자인 나만 있는 줄 알았다가 사장으로 보이는 남자가 나와 멱살을 잡자 손님은 갑자기 고분고분해졌다.

이 손님은 나중에 다시 와서도 남편에게 사과를 하고 서로 음료수를 주고받기도 하며 친한 척을 했다. 내게도 사과 인사를 하고 싶다고 했다는데 나는 거절했다. 남편도 내가 사과를 받지 않겠다는 의사를 전달해 주고 더 강요하지 않았다. 불면증 때문에 새벽 시간에 동네 산책을 하다가 여자 혼자 있는 가게에서 시비를 걸고 가르치려는 남자는 웬만해선 천성이 바뀌지 않을 것이라는 확신이 있어서 그랬다.

그런 일이 있을 때마다 삼십 년 지기 친구들의 단체 대화방에 가끔 푸념을 늘어놓는데 이제는 담담하기까지 하다. "내가 싸가지 없기로 둘째가라면 서러운 사람이잖아." 그러면 누군가 "네가 어디가 싸가지가 없어?"라며 반문할 만도 한데 누구 하나 그러는 친구들이 없는 걸 보면 그게 내 천성인 것 같기도 하고…. 그래도 삼십 년 이상 나를 응원해 주는 친구들이 있는 것을 보면 사는 데는 별 지장이 없는 게 '싸가지 없는 성격'이다.

문만 열면 보이는 고객 응대 가이드가 아무리 고객에게 친절하라고 세뇌를 한다 해도 나는 아직도 세뇌되지 않는다. 손님들에게 싸가지 없다는 소리를 처음 들었을 때는 상처도 받았지만 이제는 그러려니 한다. 싸가지 없는 나한테 한번 당하고 나면 어디 다른 데 가서는 좀 조심하겠지 생각하면 내 한 몸 욕먹어서 사람 하나 계도했다는 생각에 으쓱해지기도… 하나?

    '펀미팅 진행 순서'라는 다소 어려운 제목의 근무자 친절 대응 가이드 앞에서 오늘도 나는 생각한다. 나는 그냥 싸가지 없는 점주로 남으리!

글을 부르는 손님들

:

"정체 모를 습득자 이규(박용우 분)는 휴대폰을 되돌려주는 조건으로 세 가지 조건을 내건다. 첫째, 전화를 공손하게 받을 것. 둘째, 반말하지 말 것. 셋째, 자신이 지목한 누군가를 손봐줄 것. 자신의 인생을 송두리째 뒤바꿀 수 있는 치명적 비밀이 담긴 휴대폰을 되찾기 위해 승민(엄태웅 분)은 이규의 요구대로 꼭두각시처럼 움직인다."

영화 〈휴대폰〉을 소개하는 내용이다. 마트에서 진상 고객을 상대하는 이규는 연예인 매니저 승민을 나락으로 떨어트릴 소속사 연예인의 섹스 동영상이 담긴 휴대폰을 주운 뒤, 진상 고객을 대신 손보라는 명령을 내린다.

어디에나 무례한 사람들은 있다. 어디에나 있는 사람들인데 맘에 담아두지 말자고 마음은 먹지만 비슷한 상황이 계속되면 이 장사를 계속해야 하나 하는 자괴감이 든다. 남의 손을 빌려서라도 누군가를 혼내주는 영화 속 주인공만큼은 아니더라도 꼭 골탕이라도 먹여주고 싶은 사람들이 있다.

화가 나면 글이 술술 나온다. 그래서 나는 갑질 손님을 '글을 부르는 손님들'이라고 부른다. 그런데 쓰다 보면, 나도 혹시 어디 가서 이런 행동을 하지 않나 되돌아보게 된다. 그래서 글을 부르는 손님들은 가끔은 반면교사 삼고 싶은 손님들이기도 하다.

냉장고 온도가 너무 높아서 막걸리가 맛이 없다는 손님. 전에는 유통 기한이 많이 남은 막걸리를 오래 쌓아두고 판다며 동네 식당에서 우리 욕을 하고 다녔다고 한다. 오늘은 아래층에 다른 편의점이 있는데 왜 구멍가게를 인수해서 편의점으로 바꿨느냐면서, 먹고살려고 남하고 경쟁하면 안 되는 거라고 한마디 하고 나간다. 우리 가게가 문을 연 지 3년이 돼가는데 이 얘기를 그동안 참느라고 힘들었던 모양이다. 이 자는 시에서 소상공인에게 재난지원금을 주니 신청하라는 안내문을 붙여놓자 "미친 시장이 재정을 다 말아먹는다."고 욕을 하기도 했다. 뭐든 불만인 사람이다.

뒤이어 차키를 잃어버렸다고 들어온 손님. 어디서 잃어버렸는지 아무리 찾아도 없자 우리에게 와서 귀찮게 군다. 밤 12시가 넘은 시간에 이미 잠들었을 전 근무자에게 확인 전화를 해보라고 하질 않나, CCTV를 돌려보라고 하질 않나!

뒤이어 들어온 허세꾼 아저씨. 종류를 말하지 않고 자기 피우는 담배 두 개를 달란다. 그런데 이 자는 피우는 담배가 늘 바뀐다. 어쩌다 내가 도시락이라도 먹는 걸 보기라도 하면, "아휴, 사장님! 다 먹고살자고 하는 건데 먹는 게 이렇게 부실해서 어째! 쯔쯔쯔."라고 한다. 한 번도 빼놓지 않고 말이다. 이거 해서 한 달에 돈 3천만 원 정도(마치 껌값이라는 듯)는 버느냐 묻기도 하는데, 편의점 폐기 도시락이나 먹을 정도니 한 달에 겨우 3천만 원밖에 못 버는 것 아니냐는 표정이다. 본인은 억대 월봉(?)자인 모양이다. 알바생들에게는 알바비를 눈곱만큼 받아서 어떻게 사느냐면서 딱해 죽겠다는 소리를 만날 때마다 한다고 한다. 주식을 사고파는 일을 한다는데 얼마를 버는지는 몰라도 매일 가게 근처를 운동복 차림으로 어슬렁거리며 우리가 하는 노동의 가치를 우습게 여기는 소리를 쉽게 하는 걸 보면 속에서 또 화가 치민다.

세 명의 진상 아저씨가 연달아 들어왔다 나가니 입에서 절로 욕이 나온다. 아오, 아저씨들, 당신들 같은 손님들은 안 왔으면 좋겠어요.

커피 도둑 목사 일행

:

우리 집 두 남자와 내가 서로 통하는 것 중 하나는 밥맛 떨어지는 인간들에 대한 취향이다. 그 점에서는 맘이 아주 잘 통하는 화목한 가정이다.

가게에 오는 손님들 중에 우리 셋이 굳이 말 안 해도 공동으로 싫어하는 손님 무리가 있다. 최근 이 동네에 이사 온 목사와 그 추종자들인데, 세 개 있는 파라솔 두 개를 차지하고 선교를 하는지, 누구 뒷담화를 하는지 하루 종일 죽치고 있다. 6명이 커피 세 잔을 사서 나눠 마시게 종이컵을 달라느니, 과자 하나 사면서 왜 이것은 2+1 행사를 안 하느냐고 따진다.

점잖은 체하며 주로 뒷담화를 하는 모임을 끝내고 해가 지면 한두 명씩 빠져나가면서 쓰레기도 잘 안 치운다. 어쩌다 치우는 것 같아서 보면 재활용통에 잡쓰레기를 던져놔서 일만 만들어놓는다.

그렇게 해산했나 싶을 때 일행인 남자 하나가 슬쩍 다시 와서는 무료 주차증을 달란다. 그럴 때 그냥 없다고 하면 되는데, 나는 이상하게 거짓말을 하려면 말을 버벅거리게 된다. 그게 싫어서 매번 달라는 대로 주다 보니 우리 집 주차권은 그 그룹 사람들이 다 쓰다시피 한다.

오늘도 밉상 그룹은 열심히 뒷담화 중인데, 나는 저들이 테이블을 안 치우고 일어설 때를 대비해서 두 눈 똑바로 지켜보고 있다. 치우세욧! 표독하게 말할 것이다. 그리고… 주차권을 안 보이게 숨겨뒀다. 숨겨놓은 것까지 달라지는 못하겠지. 나갈 때 주차비를 왕창 좀 내야 할 텐데….

어느 날 나는 세 달 동안 매일같이 레귤러 사이즈 커피를 사서 빅 사이즈로 빼 먹던 이들 목사 일행의 출입을 금지시켰다. (나는 어느 종교에 대해서나 편견이 없다. 어쩌다 보니 그 그룹이 목사 일행일 뿐이다.) 대여섯 명이 하루 열 시간 가까이 자리를 돌아가며 차지하고 자기들끼리 팁까지 공유하면서 커피

도둑질까지 하기에 대여섯 번 경고를 했는데 개선이 되지 않았다. 결국 목사 부부를 통해서 우리 가게 출입을 금하는 것과 더불어 다시 나타나서 같은 짓을 할 때는 절도로 고발하겠다고 했더니 이틀 동안 발을 끊었다.

며칠 뒤 일행 중에 목사님을 제일 좋아하는 듯이 보이는 여자가 나타나서 따진다. 그걸 왜 목사님한테 일렀느냐고 하기에 세 달간 하루도 빠짐없이 절도 저지른 것은 참아줄 테니 잠자코 가시라고 했다. 매일 목사님을 끼고 앉아서 20억 원짜리 부동산이 어쩌고 하면서 자기들 입으로 들어가는 커피 값 300원 아끼려고 꼼수를 부리는 꼴을 안 봐서 속이 다 시원하다.

얼른 나가란 말이야

:

술 취한 아저씨 둘이 라면을 먹겠다고 시식대에서 비틀거리며 물을 붓는데 전화가 온다. 대리 기사다.

"어, 아저씨! 내가 지금 편의점에서 라면 하나 먹고 있거든. 좀 기다려."

현재 바깥 기온 영하 11도. 밖에서 기다리고 있을 대리 기사 생각에 내가 다 초조하다.

남한테 폐를 끼치는 건 취해서가 아닐 것이다. 맨 정신에도 그럴 사람은 그런다. 이 와중에 두 번째 전화가 온다. 얼른 젓가락 놓고 나가라고 소리치고 싶은 걸 참는다. 지금 나가면 시식대는 내가 치워도 투덜거리지 않을 텐데… 아오, 이럴 때마

다 심장이 벌렁거려 도무지 잠자코 있을 수가 없다. 젓가락 놓

고 얼른 나가란 말이야!

막걸리 맛도 모르면서

:

막걸리를 사 간 아저씨가 반쯤 남은 술병을 가져왔다. 제조 일자가 10월 2일인 막걸리를 반쯤 마셨을 것이다. 그런데 10월 2일이라고 찍힌 날짜만 봤지, 그것이 제조일인 줄은 몰랐던 모양이다. 유통 기한이 지났다고 믿고 뒤도 안 보고 들고 내려왔을 것이다.

"내가 막걸리 맛을 아는데, 생선 비린내가 역하게 나는 쉰 막걸리야. 지금 배가 아프려고 해. 이거 어쩔 거야?"

바꿔주기는 하겠지만 그게 우리한테는 어제 들어온 막걸리라고 하는데도 배가 아픈 것 같다며 막무가내. 거기 적혀 있는 날짜가 유통 기한이 아니고 제조일이라고 몇 번에 걸쳐서 설명했더니 그제야 머쓱한 표정을 살짝 짓더니 다시 우겨댄다. 막걸리 인생 삼십 년에 자기가 막걸리 맛을 모르겠느냐고.

우겨대는 데는 장사가 없다. "네네, 죄송하고요. 새 거 가져가시면 될 것 같네요."

바꿔 가져가면서도 관리를 이런 식으로 해서야 어쩌고저쩌고…. 그 손님이 가자마자 그야말로 막걸리 인생 삼십여 년 베테랑인 내가 마셔봤다. 아주 완벽하게 맛있다.

도대체 저 인간은 삼십 년 동안 뭔 막걸리를 마신 건지. 막걸리 맛도 모르면서….

아저씨는 왜 그럴까

:

술 냄새 풍기는 건 어쩔 수 없으나 계산하면서 굳이 이쑤시개까지 물고 웃기지도 않는 농담하는 사람.

계산이나 하면 될 것을 괜히 뭉그적거리면서 사람 빤히 쳐다보며 아줌마는 시급 얼마나 받느냐는 소리를 하는 사람.

자기 휴대폰 충전기가 5핀인지 C타입인지 모르는 것까지는 이해하나, 물어보면 될 것을 굳이 상품을 뜯어놔서 팔 수 없게 만들어놓고도 물건을 안 보고 어떻게 사느냐면서 미안하다는 소리 한마디 안 하고 당당한 사람.

이 사장 앞에서는 안 그러다가 꼭 나나 알바 여학생 앞에서는 그러는 사람.

대부분 아저씨들이다. 아저씨들에 대한 심층 연구가 필요하다.

2+1은 너무 어려워

:

2+1 행사 상품인 물건을 살 때 증정품을 받으려면 3, 6, 9로 물건을 가져가야 한다는 것을 이해하지 못하는 사람들이 있다. 뭐, 그럴 수는 있다. 나는 친절하기 때문에 물건 세 개를 놓고 두 개는 구매, 한 개는 증정이다 기껏 설명했는데 집에 가서 항의 전화를 한다.

바쁜 와중에 다시 설명(써놓고도 어이없다. 무슨 심오한 수학 공식이라도 되는가 말이다.)하는데 이해를 못 하기에 나중에 영수증 가지고 방문해 달라, 죄송하다 했다.

그랬더니 "무슨 언니가 장사를 하면서 틀렸다는데 그렇게 우겨, 우기길!" 한다.

환장을 한다. 그게 어렵나?

그로부터 5일 뒤, 여자가 영수증을 들고 다시 왔다. 2+1인데 6개를 찍어서 문제란다. 4개를 찍어야 한다기에 2개는 찍었어도 돈을 낸 것이 아니고 증정품이라고 찍히지 않았느냐 했더니, 한심하단다. 붐비는 저녁 시간에 카운터를 막고 서서 설명을 하는데도 우겨대니 뒤에 서 있던 손님들이 차마 큰 소리로는 못 하고 작은 소리로, "맞게 찍었는데…" 하며 나갔다.

다른 2+1 제품으로 실험까지 해줘도 우기다가, 결국 계산기로 가격 차이를 계산해 줬더니 그제야 수긍이 되는 표정이었다. 십여 분 실랑이를 하다 수긍하는 것 같아서 웃는 표정으로 이제 만족하셨느냐 물었더니, "아니, 어떻게 손님보다 언니 목소리가 더 커? 아유 그래, 이 집 다시 안 오면 되지." 하며 들고 온 영수증을 던지고 나간다.

아오…, 한미중일 경제 전쟁이 엄중한 이 시기에 나는 겨우 2+1 계산하느라 온 기운을 소진하고 있으니….

감정 자영업자의 울화병 산재 처리가 시급하다.

충고, 안 들을게요

:

"아줌마 여기 사장입니까?"

"네, 그런데요."

"여기 전에 어떤 아저씨 있던데, 그 사람 누굽니까?"

"남편입니다. 무슨 일이시죠?"

"내가 전에 여기서 담배를 샀는데 앉아서 담배를 팔더라고. 장사 그렇게 하지 말라고 충고하러 온 거요."

"기분 나쁘셨다는 거 알겠습니다. 손님 뜻 전달하겠습니다."

"내가 미국에서 흑인들 상대로 마트를 했는데 흑인들한테도(한테도, 나는 이 표현이 거슬렸다.) 앉아서 담배 안 줘."

"요즘은 마트에서도 판매원들에게 의자 놔줘요. 기분 나쁜 거 알겠는데, 하루 종일 장사하는 사람들이라 반드시 일어서서 물건 팔라는 규정은 없으니 그러려니 이해해 주세요."

"허, 이해요? 아래층 편의점이 왜 망했는지 얘기해 줘요?"

"안 해주셔도 돼요."

"엥? 내가 장사 잘하라고 충고하려고 했더니 아줌마 태도도 틀렸네. 내 다신 안 와."

"네, 그러세요."

이 동네 사람들은 맘에 안 들면 아래층이 왜 망했는지 가르쳐주겠다는 것으로 화풀이를 한다. 망한 아래층 사장한테 동지적 애정이 솟아난다.

이런 손님, 진상입니다

:

주말에 아르바이트하는 학생에게서 전화가 왔다. 어떤 손님이 여러 가지 물건을 샀는데, 일부만 계산을 하고 일부는 계산을 하지 않고 보냈다는 것이다. 초보 알바생이 하는 가장 잦은 계산 실수는 손님들이 여러 개의 물건을 사면서 카운터에 고른 물건을 하나씩 올려서 계산하는 경우이다. 손님들이 하나하나 가져다 놓은 물건 바코드를 찍다가 뒤에서 기다리는 손님이 있으면 먼저 해주겠다며 '판매 보류' 키를 누르게 된다. 그러다 앞에서 물건을 올린 손님이 더 고른 것을 계산할 때 보류한 목록을 잊고 나머지만 계산하는 실수를 저지르게 된다. 액수에 상관없이 이런 실수를 하고 나면 아주 속이 상한다.

전화한 학생도 같은 경우이다. 못 받은 돈이 5만 원이 넘는

데 어떻게 해야 좋을지 모르겠다는 것이다. 안타까워하는 학생에게 우선 영수증을 출력해 놓으면 나중에 내가 가서 CCTV를 돌려 보고 아는 사람이면 사정을 얘기해서 못 받은 돈을 받겠다고 했다. 일이 해결되기 전까지 알바 학생은 전전긍긍할 터였다.

월요일에 출근해서 CCTV를 돌려서 보니 다행히 아는 사람이다. 마침 저녁에 들렀기에 사정 얘기를 하며 전날 결제 내역 문자를 확인해 보시라 했다. 그 자리에서 확인을 하고 덜 낸 돈을 다시 계산해 줬다.

알바를 해본 사람들이 손에 꼽는 대표적인 민폐 손님 사례로, 손님들이 바구니를 사용하면 해결되는 문제다. 지금은 그런 실수를 별로 안 하지만 초기에는 나도 그런 계산 실수를 가끔 했다. 처음 아르바이트를 하는 학생들은 대부분 한두 번씩 실수를 하게 되는데, 우리는 처음 두 번 정도는 손실을 우리가 처리해 주지만 그 이후에 같은 실수를 반복하면 실수한 가격을 알바비에서 뺀다고 처음 계약할 때 설명을 한다. 이번처럼 손님을 찾아서 다시 돈을 받을 수 있으면 다행이지만 그렇지 않으면 안타까워도 어쩔 수 없다.

어쩌다가 5만 원을 허튼 데 썼다면 아까워도 그런가 하겠지만, 계산 실수로 5만 원을 뱉어내게 되면 원가 생각이 간절해진다. 5만 원의 이익을 내려면 50만 원 가까이 팔아야 하니 그 노동 시간을 생각하면 더 속이 상한다. 손님들이 와서 물건을 늘어놓고 이거저거 하나씩 가져오면 좁은 카운터에 물건을 치우고 미뤄뒀다 다른 손님 물건을 계산해 줘야 하는 번거로움도 번거로움이지만 계산 실수하기 딱 좋다. 이런 손님, 미운 짓 안 해도 나는 진상으로 본다.

졸보 진상 손님

:

새벽에 아홉 개를 사 간 컵라면에서 날개와 다리 달린 벌레가 나왔다며 여덟 개를 들고 온 여자 손님. 평소 때도 나타나면 우리를 긴장시키는 손님인데 사정이 그렇다니 얼른 환불을 해주며 물어봤다. 실물이 남아 있느냐? 그렇다기에 사진을 찍어서 보내 줄 수 있느냐고 했더니 나갔다 금방 되돌아와서 환불해 준 돈을 던지고 도망가며 욕을 한다. 징그러운 거 시키는 미친 년이라나.

문을 열어놓고 가면서도 뭐라 뭐라 욕을 하는데 내가 왜 욕을 먹어야 하는지 이해가 안 돼서 멍하니 있고 말았다.

그런데 이상하게 저 손님은 욕을 할 때는 매번 꼭 문을 열어놓고 다리를 문 안팎에 반쯤 걸친 채 그러다가 도망친다. 얼굴 맞대고는 싫은 소리 못 하는 졸보다. 그리고 며칠 지나면 한여름에도 다른 사람인 척 마스크에 선글라스로 변장하고 꼭 다시 나타난다.

진상 손님이 다녀가면 화가 나기 마련인데 자꾸 웃기는 건 뭔 일이지?

그렇다고 내가 불친절해질 줄 아느냐!

:

매일 같은 사람을 만나다 보면 그 사람에 대한 생각도 늘 바뀐다. 어떤 때는 이해할 수 없는 행동 때문에 화가 나서 나쁜 사람이라고 생각하다가도, 어떤 때 보면 저 사람에게 저런 좋은 면이 있었구나 깨닫기도 한다. 매일매일 만나는 사람들이다 보니 싫다가도 좋고 좋다가도 싫을 때가 있다. 그럼에도 불구하고 가게에 자주 드나드는 손님들은 꼭 장삿속에서가 아니라 오가면서 쌓은 정 같은 것이 있어서 잘해 주고 싶다. 잘해 주려고 한다.

그런데 가끔은 선의로 한 행동을 저렇게밖에 못 갚나 싶어서 친절했던 것을 후회하게 만드는 사람들이 있다. 손님은 그냥 손님으로 대해야 한다는 말이 맞는지도 모른다. 그러나 장사꾼이라는 말이 사람과 거리를 둬야 한다는 말이라면 5제곱미터(1.5평) 카운터에 갇혀 있는 내 인생이 얼마나 비루해지겠나. 저런 사람들 때문에 '꾼'으로 살지는 말자고 다짐하게 만드는 사람들이 종종 있다. 친절을 무례로 갚는 사람들. 그러나 그들 때문에 나는 변하지 않는다. 변하지 않을 것이다!!

이 동네로 이사 온 지 며칠 안 된 녀석인데, 4월에 모기약을 찾았다. 특히나 올해 4월은 추웠으니 모기약이 있나! 아직 안 들어왔다고 했더니, 자기 집에 모기가 많아서 괴롭다며 푸념까지 늘어놓았다. 얼마나 괴로우면 나한테 저런 얘기를 늘어놓나 싶어서 창고를 뒤져서 작년에 쓰던 '홈키파'를 빌려줬다. 곧 날파리가 날리기 시작할 텐데 그때 되면 출입문 여닫을 때마다 날아들어서 우리 가게에 꼭 필요한 것이니 오늘 급한 대로 쓰고 바로 가져다 달라면서.

당연히 가져다 놓았을 거라 생각해서 그 뒤로 신경도 안 썼다. 날은 쌀쌀해도 곤충들은 절기를 놓치지 않는지 5월이 되면서 나방이나 날파리들이 날아들기 시작했다. 당연히 갖다 놨을 줄 알고 있던 홈키파가 없었지만 설마 안 가져왔을 리가 없다고 생각했다. 우리가 어디다 두고 못 찾겠거니 생각하고 불편해도 좀 참다가 마트에 갈 때 사다 놔야겠다 맘먹었다.

그러다 그 녀석을 보자 혹시나 해서 물어봤다. 까먹고 있었다는 것이다. 내일 가져다주겠다고 해놓고 매일 오던 녀석이 그 뒤로 나타나지 않았다. 한 달 가까이 발길을 끊었다가 다시 나타난 것은 며칠 전이었다. 괘씸해서 다시 물었더니, 얼마 전에 나 없을 때 가져다 놓았다고 한다. 가져다 놨는데 왜 묻느냐는 듯 퉁명스러운 대답이다. 가고 나서 찾아보니 정말 구석에 있었다. 가게에서 1년 동안 써도 절반을 못 쓴 홈키파 통이 흔들어도 액체감이 느껴지지 않았다. 그래도 가져다 놨으니 이해하고 넘어가자 생각했다.

그런데 녀석이 또 한동안 안 나타나다가 며칠 만에 다시 나타났다. 인사도 받지 않고 획 지나쳐서 라면 매대에서 한참 뭔가를 찾다가 GS25에서만 판다는 금성라면을 들고 와서 계산을 한다. 계산이 끝나자 봉지를 달라는데 다른 손을 보니 CU 봉지를 들고 있다. 언뜻 보니 처음 녀석이 우리 가게에 매일 드나들 때 샀던 것처럼 봉지 가득 우유와 콜라 등이 들어 있다.

저녁을 주로 편의점 음식으로 때우는 녀석이니 그동안 안 보인 것은 식습관이 달라져서가 아니라 잔소리 좀 했다고 가게를 바꾼 것이다. 발길 끊고 경쟁 가게에 다녔는데, 그 가게에는 없는 그깟 금성라면 맛을 보고 싶어서 다시 들른 모양이었다.

선의를 베풀었는데 이런 대접을 받고 보니 녀석이 참 한심하게 느껴졌다. 어디 가서 제대로 대접이나 받고 살까 싶었다. 이미 계산이 끝난 뒤 봉지를 달라고 하면 대부분 그냥 주는데 너무 괘씸해서 봉지 값 20원을 꼭 받아야겠다 싶었다. 봉지 값 계산을 해야 되니 카드를 다시 달라고 해서 반품을 하고 20원을 계산했다. 어이없어하는 눈을 째려보며 한 손으로 카드를 던지듯이 줬다. 예상한 대로 그 뒤로 다시 안 온다.

매일 드나드는 단골손님이 스테이플러를 사러 온 적이 있었다. 밤에 꼭 처리해서 보내야 할 서류에 써야 되는 스테이플러가 없다는 것이다. 공교롭게도 우리 가게에서도 판매하지 않는다. 다행히 매일 정산 서류를 보낼 때 쓰는 것이 있어서 금방 가져올 줄 알고 빌려줬다. 그때도 빌려주면서 매일 쓰는 거니까 내일 꼭 가져다 달라고 하고 줬다. 이 손님도 일주일 넘도록 안 가져왔다. 우리 가게 서류는 테이프로 붙여서 보냈다.

일주일 정도 지났을 때 손님이 왔기에 돌려달라고 했더니 무심하게 다음에 준다는 것이다. 빌려줄 때도 말했듯이 매일 써야 하니 지금 가져오는 게 좋겠다고 했더니 얼굴이 빨개졌다. 그까짓 것 같고 사람을 귀찮게 하느냐는 표정인지, 당연한 일을 말해 놓고도 내 맘이 편치 않았다.

이 사장은 스테이플러 사건을 두고 쓸데없는 오지랖으로 괜히 관계만 나빠질 일을 왜 만드느냐고 잔소리를 했다. 그래서 홈키파 사건은 얘기도 안 했다. 두 사건으로 얻은 결론은 뜻밖에도 이것이다. 친절한 짓을 하고도 얼굴 붉히게 하는 손님들보다 내 스트레스를 자극하는 것은 이 사장의 잔소리였다. 게다가 그 잔소리가 뼈 때리는 팩트라 한마디도 못 하고 들어야 한다는 것이다.

아오, 그러나… 그렇다고 내가 불친절해질 줄 아느냐!

순대와 친절을 바꿔먹은 남자의 최후

:

다리를 다쳐서 깁스를 하고 오는 손님이 있었다. 목발을 짚고 오면 카운터를 돌아 나가 문을 열어주고, 물건을 찾아 담아주고, 나갈 때는 다시 뛰어나가 문을 열어주곤 했었다.

이 사람이 어느 날 1+1 순대를 샀는데 물건이 하나밖에 없었다. 보통은 증정품 앱에 담아뒀다가 나중에 바코드만으로 찾아가면 되지만 이 기능을 못 찾는 사람들이 있다. 40대 초반의 이 남자도 그런 사람이어서 물건을 두 개를 찍고 영수증에 미증정 표시를 해줬다. 나중에 물건 들어오면 찾아가라고.

깁스를 푼 이 남자가 어느 날 와서 못 찾아간 순대를 달라고 했다. 매대를 찾아보니 물건이 없었다. 마침 도시락과 유제품 박스가 배달되어 왔기에 검색해 보니 입고 중이라고 떠 있다. 영수증을 남발한 게 아니라는 뜻에서 물건이 매일 입고된다고 설명을 했다. 찾아달란다. 그날 배송 박스가 전부 아홉 개였다. 박스는 내가 혼자 들기 힘들 정도로 무거워서 정리할 때도 물건을 낱개로 하나하나씩 들어다 제자리를 찾아 놓는다. 그런데 남자가 자기 물건을 찾아가겠다니 어쩌겠나. 박스를 통째로 옮겨가며 순대를 찾았다. 하필 맨 밑 박스에 있었다.

여덟 개의 박스를 다 옮겨서 물건을 찾는 동안 멀거니 서 있던 남자는 맨 밑에서 순대를 찾아 건네자, "아, 지금 안 먹어요. 확실히 들어오긴 하나 보려고요." 한다. 생고생을 시킨 이유가 자기한테 미증정한 물건을 입고했는지 확인하기 위해서라니 참 어이없지만 뭐라 할 수도 없었다.

며칠 뒤 남자가 와서 1+1 홍삼을 골랐는데 하나밖에 없었다. 전처럼 하면 된다고 생각을 했는지 계산을 해달란다. 증정품을 안 주면 포스에 확인 메시지가 뜬다. 그러면 보통은 '증정품 추가'를 눌러 다시 계산을 하기 마련인데, 뒤끝 있는 나니까 그냥 '추가 없이 결제' 버튼을 눌러버렸다. 남자가 영수증을 왜 안 주느냐는 얼굴로 바라보는데, 나는 쳐다도 안 보고 뒤에 줄 서 있는 손님 두 명의 물건을 차례대로 계산해 줬다.

여전히 서 있는 남자를 무시하고 세 번째 손님에게 물건을 올리라고 하자 남자가 막아서며 자기가 증정품이 없어서 못 받았으니 전처럼 미증정 표시된 영수증을 줘야 하는 거 아니냐고 묻는다.

"손님, 증정품은 말 그대로 증정품이에요. 하나밖에 없는 줄 알고 사신 거니 제가 없는 증정품을 꼭 드려야 하는 의무는 없어요." 그러자, 전에는 영수증에 표시를 해주지 않았느냐고 한다. 나는 아주 표독한 표정을 짓고 팔짱을 끼며 대꾸했다. "그러게요, 제가 그때 왜 그랬을까요?"

내가 그러는 게 뒤끝 작렬이라는 걸 깨달았는지 남자가 입맛을 다시며 나간다. 뒤에서 기다리며 지켜본 단골손님이 "어지간히 밉상인가 봐요. 사장님 이런 거 첨 봐요." 한다.

그날 낑낑거리며 옮긴 박스 여덟 개를 걷어차 버리고 싶을 정도로 약이 올랐던 마음이 그제야 후련해진다. 다신 오지 말라는 말은 차마 못 하는 처지이나 이 정도면 직접 말하는 것보다 센 내 입장 표시 아닌가 싶다. 장사하는 사람의 친절을 그깟 3천 원짜리 순대 하나 못 받을까 의심해서 골탕 먹인 대가를 망신으로 치른 기분이 어떨지, 통쾌하다.

지나치면 부족함만 못하다

:

중국에서 만난 한국인들은 크게 두 부류로 나눈다. 한국 집에 금송아지를 묻어두고 온 자와 아닌 자. 낯설고 거친 곳일수록 자기 과시를 위한 허세가 판을 친다. 중국에서니까 그러려니 했다.

그런데 동네 작은 편의점에 드나들면서 부리는 허세는 도대체 어디에서 비롯된 행동일까. 가끔은 심하게 궁금할 때가 있다.

"내그아아 수십억씩 딜얼 하면써어, 이런 짝언 거럴 그냥 지나치지 모태애~~"

꼭 계산이 끝난 뒤에 적립하겠다고 반품하는 50대 아저씨가 있다. 친구가 산다고 하면 담배도 한꺼번에 두 갑씩 고르고 맥주도 1.6리터 페트병으로, 안주도 비싼 걸로만 고르면서 계산하고 나면 꼭 반품하고 적립해 달라며 "내그아아 수십억씩 딜얼 하면써어, 이런 짝언 거럴 그냥 지나치지 모태애~~." 한다. 그러고는 꼭 다시 들어와서 친구가 계산한 것이 전체 얼마냐고 묻는다. 자기가 살 때는, 여기는 커피가 맛있다며 1,200원짜리 원두커피나 1+1 음료수만 산다. 오늘도 친구가 계산한 것을 또 반품하고 적립을 한다면서 "내그아아~~"를 시작한다. 늬예늬예! 얼굴에 짜증 가득 담아 대답을 하고 반품, 적립을 해줬다.

중국에 있는 두 부류의 사람들 중에 나는 한국 집에 금송아지를 '안' 묻어두고 온 자에 해당했다. 금송아지를 안 묻어두고 왔어도 하나도 쫄리지 않았다. 난 원래 손이 작고 쪼잔한 사람이고, 내가 그러니까 남들도 그래야 좋아한다. 가게에 큼지막하게 써 붙이고 싶다.

"이 가게 주인은 손 작고 쪼잔한 사람을 좋아합니다. 그러니 쓸데없는 허세는 사양합니다."

151

손도 작고 알뜰하기로는 누구 하나 부럽지 않은 나이지만, 가끔은 손 작게 사는 내 삶을 재고해 봐야 하나 싶게 만드는, 지나치게 알뜰한 사람들도 있다.

편의점 물건은 마트보다 비싸다고 생각하는 사람이 많다. 맞기도 하고 어떤 때는 틀리기도 하다. 동네에 있고 마트보다 비싸다고 생각해서인지 마트에서는 당연히 돈으로 계산되는 봉지 하나 때문에 벌벌 떠는 알뜰꾼들이 있다. 봉지에 얽힌 에피소드만 모아도 책 한 권은 낼 수 있을지도 모른다. 지나친 허세와 봉지 값 20원도 못 내겠다는 지나친 알뜰도 볼썽사납다.

20대 후반 아들과 50대 중반 엄마. 아이스크림 하나하나를 다 들어 보이며 2+1 상품이냐 묻더니 메로나 세 개를 카운터에 올린다.

"세 개 이상 사면 30퍼센트 할인되는 거 맞죠?"

그러면서 주머니에서 카드 여러 장을 다 꺼내더니 할인되는 카드사가 뭐냐. 모른다. 잘 모르겠다고 했더니 그래서 장사하겠느냐는 뜻인지 픽 웃는다. 카드사도 카드사지만 개인마다 카드 가입 기준이 다르지 않겠냐 했더니, 옆에 있는 50대 엄마는 벌써 메로나를 까 드시면서 "저 아줌마는 그런 거 모르는갑다.” 한다.

그거 모른다고 업무 능력 감점 받아서 손해 보는 것도 아니니 난 그냥 모른 척한다.

통신사 할인이 뭐가 되느냐기에 알려줬더니 뒤적뒤적 할인 카드를 꺼낸다. 할인해 주고 계산하려고 했더니 이번엔 포인트 적립은 왜 안 해주느냐고 한다. 해줬다.

메론 아이스크림 세 개 1,890원. 카드 결제를 하려고 했더니 두 개 카드로 똑같이 나눠 긁어 달란다. 어쩐지 내가 똑같이 나눌 수 있는지 시험하는 것 같아서 “945원씩 긁어줄까요?” 했더니 그냥 1,000원, 890원으로 긁어 달란다. 그게 편하실 거 같다나. 어휴, 사려도 깊다.

계산을 끝내고 가는 줄 알았더니, 이번에는 영수증은 왜 안 주느냐고 한다. (안 주느냐고 묻지 말고 그냥 달라고 하라고!) 옆에서 메로나를 이미 반쯤 먹은 50대 엄마는 아들 하나 알뜰하게 키웠다는 건지 흐뭇한 표정으로 바라보다 나간다.

모자는 나가면서 끝내 문을 활짝 열어놓고 간다. 갱년기 증상인지 열이 확 오른 나는 알뜰한 그 아드님 식으로, 열린 문으로 빠져나간 열 손실을 계산해 보려⋯. ㅠㅠ

허세나 알뜰함이나 지나치면 부족함만 못하다. 과유불급
은 사양한다.

손님 응징 가이드

:

대기업 체인점은 본사에서 내려오는 친절 대응 가이드를 따라야 한다. 인사는 어떻게 하고, 어떤 물건을 사면 손님이 말하기 전에 무엇을 챙겨 주고, 아이들 손님이라도 반말하지 않고….

　드나드는 손님들 중에도 그런 대응 가이드를 아는지 기준에서 벗어난다 싶으면 지적을 하고 서비스 질을 탓하는 사람들이 있다. 개인이 운영하는 점포라면 싫으면 오지 말라고 하면 되는데, 체인점은 사정이 다르다. 서비스가 마음에 들지 않아 손님과 싸우기라도 하면 그 점포를 관리해야 하는 본사 영업 담당 직원이 피곤해진다. 담당 직원 입장을 생각하지 않고 맘대로 하고 싶을 때도 있지만, 내 기분 때문에 그 직원이 시달릴까 싶어서 참을 때가 많다.

장사 초기에는 참지 못해서 손님과 자주 싸웠다. 까칠하고 따지기 좋아하는 손님들은 나와 다투는 것으로 끝나지 않고 본사에 전화를 해서 직원을 괴롭히기도 했다. 우리 가게를 담당하는 직원이 하도 여러 번 당하자 어느 날 내게 간절히 부탁을 했다. "사모님, 너무 무례한 손님 때문에 화가 나시면 손님하고 싸우지 말고 그 자리에서 바로 제게 전화를 주세요. 제가 해결할게요. 만약 바로 통화가 안 될 때는 싸우시더라도 좋은데, 제발 먼저 욕은 하지 마세요."

장사를 오래 하다 보니 나도 이제 노하우가 생겨서 본사 담당 직원을 괴롭히지 않는 정도가 됐다. 화를 쌓아두면 병이 된다고 한다. 나는 장사하면서 건강하게 오래 살고 싶은 사람이기 때문에 화날 때마다 나름대로 풀어나가는 방법을 찾아냈다. 소심한 응징부터 대범한 응징까지 나만의 노하우가 생겼다.

며칠 전 처음 온 아저씨 손님이 계산을 하려고 물건을 올려놓는데, 먼저 물건을 고른 아가씨가 적립 할인 바코드를 찾느라고 시간을 끌고 있었다.

"어이, 뒤에서 기다리잖아!"

한심하단 듯이 소리치는데, 영락없이 알바 아줌마를 꾸짖는 소리였다. 일행인 단골손님이 민망했는지 그 손님 들으란 듯이 "사장님, 오늘 바쁘시네." 했다.

순간 큰소리치던 손님이 저 여자가 알바가 아닌가, 내가 잘못 짚었나 싶은지 눈알을 굴렸다. 그 뒤로 며칠 동안 퇴근할 때마다 담배나 음료수를 사러 와서는 사장님 어쩌고 알은체를 하는데 나는 대꾸도 안 한다. 손바닥만 한 가게에서 주인인가 알바인가 따져가며 사람을 가려 대접하는 인간이니 나도 잘 대접해 주고 싶은 생각이 없다. 자기를 높이는 방법을 모르는 못난 인간이다.

며칠 뒤 그 남자가 담배를 사러 왔는데 마침 찾는 담배가 매대에서 빠져 있다. 분명히 아래 장 속에 여분이 있는데 떨어졌다고 하며 안 팔았다. '좀 찾아보지.' 하는 표정이다. 나는 손빠른 알바 아줌마인 척하며 "뒷손님, 계산해 드릴게요." 했다.

남자는 쏩쓸히 입맛을 다시며 나갔다. 통쾌하다. 난 소심한 응징을 잊지 않는 사람이다. 크하하!

일본 제품 불매하면 안 된다느니, 코로나19 백신이 무효하다느니, 무슨 일이 있을 때마다 우리 가게 야외 테이블에서 목청을 높이는 아저씨가 부담스럽게 요즘 엄청 친한 척을 한다. 어느 날 저녁에는 내가 집에 가는 시간을 물어보는 것이다. "몇 시에 가십니까?"도 아니고, "10시에 가지?"란다. 친한 척 반말하는 아저씨가 재수 없어서 대꾸도 안 하고 계산대에서 제일 '똥돈'만 골라서 거스름돈을 줬다. 소심한 진상 짓에 참 대범한 응징이다. ㅠㅠ

그런 나를 보란 듯이 우리 동네 택배 기사님이 쿨한 응대법을 몸소 시전해 주셨다. 1층에 택배 회사가 있다. 일하는 기사님들은 나이 든 분들도 있지만 주로 젊은 분들이다. 이분들은 물건 살 때 좌고우면하지 않는다. 적립, 할인 챙길 시간도 없다. 배고프니 빨리 달란다.

젊은 택배 기사님이 라면 두 개를 골라 카운터에 올려놔서 계산을 하려는데 뭔가 빼먹은 것이 있었던 모양이다. 다시 돌아서서 막걸리 세 병을 꺼내 와 올린다. 그와 동시에 평소에 인사도 안 받는 무뚝뚝한 손님이 들어서며 담배를 달라고 했다. 기사님의 물건 값을 먼저 계산해 주려는데 적립, 할인 챙길 시간도 없는 택배 기사님이 양보를 한다. 그 손님의 담배 먼저 계산을 해주라며 비켜선 것이다.

고마워할 줄 알았는데 인사성 없는 남자가 화를 낸다. 동시에 섰는데 왜 양보하는 척하느냐는 것이다. 살벌해진 분위기에 혹시 싸움이 날까 걱정돼서 택배 기사님이 먼저 라면을 계산하려던 중이었다고 설명을 했더니 그래도 기분 나쁘다며 계속 화를 낸다. 덩치 좋은 택배 기사님이 한마디 할 만도 한데 잠자코 기다린다. 싸움이 안 되니 인사성 없는 손님이 투덜대다가 그냥 간다.

나도 기분 나빴으니 양보하고 욕먹은 기사님도 당연히 그럴 줄 알고 쳐다보자 "아, 먼저 하래도 지랄이야! 쪼잔한 새끼." 하더니 계산을 하고 나간다.

쿨한 대응에 나까지 쿨해진다. 손님 대하며 받는 스트레스는 저렇게 푸는 거였어! 아유, 쪼잔한 새끼!

공병 회수와 짜증의 연쇄 사슬

::

유리병으로 된 주류를 판매하는 소매업장은 빈 병을 회수해야 할 의무가 있다. 소비자는 영수증 없이도 공병 보증금을 받아 갈 수 있지만 그 매장에서 샀다는 영수증이 없을 때는 하루에 30병까지만 가능하다.

우리가 받은 공병은 공산품을 배송해 주는 배달 기사님이 회수해 가는데, 그분이 요즘 우리 가게 야간 근무자와 공병 때문에 사이가 좋지 않다. 공병을 플라스틱 배송 박스에 가지런히 담지 않아서 안 가져가겠다 어쩐다 하며 서로 기분이 상한 탓이다.

그런데 들어보면 가지런히 담는 문제가 아니다. 한꺼번에 너무 많은 양이 나오기 때문이다. 직접 술을 배달해 오는 분이니 우리 가게에서 나가는 술병 수를 대충 짐작하고 있는데, 회수되는 공병이 너무 많으니 짜증을 내는 것이다.

배달 기사님의 짜증은 야간 근무자를 화나게 하고, 야간 근무자의 화는 용돈벌이로 쓰레기장을 뒤져서 하루에도 수십 병씩 주워 오는 할머니에게 향한다.

딸네 집에 왔다가 주정뱅이 딸이 매일 쌓아두는 공병을 현금으로 바꿔 가는 게 재미 들린 할머니다. 요즘은 할머니가 사는 동네의 공병까지 주워 사위 승합차로 실어다 우리 가게에 판다.

결국 야간 근무자가 할머니에게 뭐라고 했는지, 아침에 내가 가게에 오자마자 할머니가 사위를 앞세우고 와서 흥을 본다. 공병을 너무 많이 갖고 왔다고 야간 근무자가 메모만 해주고 돈을 주지 않았단다.

못 받았다는 돈을 돌려줬다. 그러면서 쌓여 있는 100여 개나 되는 가까운 공병을 가리키면서 하루 30병만 가져다주시라 했더니, 할머니 표정이 확 바뀐다. 나중에 이 사장 오면 아무래도 나를 또 흥볼 태세다. 하루에 너무 많은 병을 받을 수 없는 이유를 설명해 주자 사위가 할머니를 달래 나갔다.

그렇게 끝난 줄 알았는데, 정오쯤에 할머니가 또 한 무더기의 공병을 주워 왔다. 내가 "어우, 할머니!" 하자마자 쌀쌀맞은 얼굴로 또 사장을 찾는다.

며칠치가 밀려서 배달 기사님이 오늘 가져온 것은 안 가져가니 내일은 가져오지 마시라면서 돈을 드리고 쓰레기장에서 주워 온 더러워진 공병을 받아서 플라스틱 박스에 담았다. 할머니는 내 말을 들은 체도 않고, 다시 사장 오는 시간을 묻더니 간다. 아마 어디 다른 데 가서 명절날 나온 공병을 주워서 사장 있는 시간에 다시 올 모양이다. 사정 모르는 사장은 이런 상황을 설명하면 자세히 듣지도 않고 뭘 그런 사소한 일로 스트레스를 받느냐고 해서 나를 화나게 할 것이다.

연쇄 사슬 최하위인 나는 집에 가서 '배달 기사님 > 야간 근무자 > 할머니 > 영양가 없이 남한테 친절한 망할 사장…'을 싸잡아 욕하며 명절이라고 만들어놓은 전에 막걸리나 혼자 마셔야겠다.

분노 조절이 필요해

:

은행 일을 처리하면서 사인할 것이 몇 개 있었다. 창구 밖에 앉은 내가 모니터에 사인하면 창구 직원이 자신의 모니터로 확인한다. 일 처리가 끝났을 때 직원이 내 사인이 귀엽고 눈에 잘 뜨인다며 웃었다.

"중학생 때 만들었어요. 유명해질 줄 알고."

"아! 흐흐, 저도 그랬어요. 그때 연습 삼아 만들어놓은 사인만 수십 개였어요."

남들이 한눈에 알아볼 사인을 연습하는 중학교 여학생을 상상하며 서로 마주 보며 웃었다.

중학생이던 나나 그 직원은 무슨 기대를 갖고 유명해질 것이라 생각을 하며 사인 연습을 했을까? 나도 어릴 때는 유명해질지 몰라서 사인 연습을 하는 귀여운 소녀였다. 지금은 동네

점방을 지키며 피곤에 찌든 아줌마지만….

"알바 말하는 거 졸라 싸가지네."

이 말은 내가 말하는 것이 싸가지가 없어서라기보다 자기가 원하는 답을 얻지 못한 데서 오는 화풀이다. 중년의 아줌마가 카운터에 있으면 알바일 것이라는 너석의 선입견과 알바한테는 그래도 될 거 같은 심리도 작용했을 것이다.

자기 휴대폰에 저장되어 있다고 믿는 증정품을 찾아가고 싶은데, 긴 설명을 듣고도 찾아내지 못하자 내게 화풀이를 한 것이다. 친절하게 몇 번이나 설명하다가 욕을 들으니 나도 순간적으로 참지 못했다. 너석이 욕을 하고 돌아서는데 들고 마시려던 커피잔을 탁자에 내던지듯 내려놓으며, 알바한테든 누구한테든 말을 싸가지 있게 하라고 소리를 질러줬다.

내 말이 거슬렸는지 본인이 한 행동은 잊어버리고 부부가 달려든다. 그래도 카랑카랑하고 큰 내 목소리만은 못하다. 처음에는 무례한 남편을 손짓으로 말리던 부인이 이제는 남편보다 큰 내 목소리를 참기 힘든지 귀를 막고 한마디 하고 나간다.

"미친년, 평생 이만한 가게에서 알바나 하며 살아라."

나는 지금 분노 조절 중이다. 나도 한때 유명해질 줄 알고 사인을 연습하던 귀여운 소녀였다. 너희들에게 이런 부당한 대우를 받아서는 안 되는 사람이다.

정신 승리도 필요해

:

우리 가게를 담당하는 본사 영업 담당 최 과장. 본인 말로 통이
너무 크다 보니(?) 갑질 손님에게 시달리고 주말 내내 앓았다
는데, 겉으로 봐도 홀쭉해진 듯하다.

　우리 가게에 와서 자기 휴대폰에 저장돼 있는 증정품을 달
라고 떼를 썼던 손님은 알고 보니 강원도 매장에서도 같은 행
동을 했다고 한다. 그가 쓰는 휴대폰이 본인 명의가 아닌 법인
폰이라 편의점 앱을 깔지 못해서 증정품을 받을 수 없었는데,
강원도 매장에서 화난 화풀이를 우리 가게에서 한 것이다. 내
가 친절히 설명을 했고 스스로도 안 된다는 걸 알았으면서도
막무가내로 화를 낸 것이다.

나에게 손바닥만 한 가게에서 평생 알바나 하고 살라는 악담을 하고 간 강원도 손님은 그것도 모자라 본사 영업 담당에게 항의 전화를 했다. 우리 매장 담당이라는 본사 최 과장에게 상황을 설명하면서 앞뒤 얘기는 생략하고 내가 자기들에게 욕을 했다는 얘기만 한 것이다.

　　나 대신 사과하는 최 과장에게 '대리 사과'는 필요 없고, 나를 고용한 사장에게 직접 사과를 듣겠다고 한 모양이다. 내가 알바가 아니라 사장이라고 얘기를 하자 이번에는 그러면 남자 사장에게 사과를 받겠다고 했다는 것이다. 남자 사장이 내 윗사람이라고 생각해서 나를 찍어 누르며 혼을 내줄 것이라고 생각한 모양이다. 결국 최 과장이 집에서 쉬고 있던 남편, 이 사장에게 전화를 했다. 앞뒤 사정 얘기를 들은 이 사장은 절대 사과할 맘이 없다고 거절했다.

　　OFCOperation Field Counselor라 불리는 본사 영업 담당은 손님과 매장 점주 사이에 분쟁이 있으면 우선 사과를 하게 되어 있는 모양이었다. 강원도 진상은 자기를 화나게 했던 나에 대해 뭔가 조치를 취하겠다는 다짐을 받고 싶었겠지만 거절당한 것이다. 약이 올라서 본사 윗선까지 찾으며 콜센터에 하루 종일 전화를 해대며 최 과장을 괴롭혔다고 한다.

친절을 최우선으로 하는 본사 지침에 따라 최 과장은 녀석의 불만을 어떻게든 처리해 줘야 했다. 법인 폰에 저장돼 있다는 증정품을 본사 컴퓨터와 연결해 검색해서 찾아냈다고 한다. 본인이 사용을 하지 않으면 사용할 수 없는 구조이지만 손님 화를 누그러뜨리기 위해 저장된 만큼을 최 과장 본인 돈으로 지급하고 이틀 내내 사과하는 것으로 마무리가 됐다는 것이다.

본사 영업 담당 직원들은 자신들이 맡은 몇 개 매장을 돌며 판매 촉진과 서비스 질을 향상시키기 위한 일을 한다. 진상 고객은 어디에나 있기 마련이니 대응 매뉴얼도 당연히 있다. 점주들과 진상 문제로 상담할 일이 생기면 점주들의 애환을 위로해 주면서도 한편으로는 대응 매뉴얼을 지키라는 조언을 한다.

주말 며칠을 강원도 핵진상에게 시달려 보니 매뉴얼대로 한다는 게 얼마나 어려운지 알게 됐다는 최 과장이 그동안 죄송했다고 사과를 한다. 10년을 이 일을 했는데, 그동안 조언했던 점주님들의 생각도 많이 났다고 했다.

이번 일 말고도 자주 욱하는 나 때문에 가끔 시달리는 최 과장과 서로 얼음 커피 한 잔씩 사주며 위로의 시간을 가졌다. 최 과장이 나 때문에 영업 인생 10여 년 만에 최악의 고객을 만나 주말 내내 그 정도로 시달릴 줄 알았다면 그냥 녀석이 원하는 대로 사과를 해줄 걸 그랬나 싶기도 했다.

그런데 우리는 그렇게 서로 위로하며 풀었는데, 분을 못 참고 이틀 내내 휴대폰 붙들고 있었을 그 녀석은 그래서 행복해졌을라나. 분명 녀석은 최 과장보다 더 많이 에너지를 소모하고 괴로웠을 거라고 나름의 방법으로 우리 스스로를 위로했다.

이런 걸 바로 진상 고객의 갑질에 시달린 OFC와 점주의 정신 승리라고 하는 것인가.

허풍쟁이는 동네마다

:

새로 문을 연 희다방의 어린 사장님은 청순하게 생긴 미인이다. 엄마가 바로 옆 공방 사장님이니 쓸데없이 와서 진상 짓 하는 사람들은 아무래도 적을 것이라고 생각은 하지만, 살짝 걱정이 될 정도로 미인이다. (영세 자영업자가 미인이면 이런 걱정도 해야 한다. 내가 왜 '안' 미인으로 사는지, 다 장사를 편하게 하려는 큰 그림이 있었던 것이다.) 예쁘장한 사장님이 문을 연 가게를 보며 우리 가게 단골 허세남을 떠올렸지만 문제없나 보다 했다.

동네에 사는 희다방 사장님은 퇴근 후에는 우리 가게에서 간식을 사 간다. 이웃이지만 그럴 때나 얼굴을 마주칠 수 있으니 가벼운 인사를 나눈다. 그날도 그렇게 인사를 나누고 있는

데 내가 떠올렸던 그 허세남이 담배를 사러 왔다.

"이 시간에 어쩐 일이여?"

사장님에게 반말로 알은체를 한다. 나는 거슬리지만 내색을 못 하고 듣고만 있다. 대충 인사를 하는 사장님에게 허세남은 몇 시에 가면 크루아상을 살 수 있느냐, 좀 많이 구워놓으면 내가 다 사 간다 등등 허세를 부린다.

그 허세? 나도 익히 안다.

"사장님, 치킨 기계 들여놔. 그럼 내가 저녁마다 안 팔린 거까지 다 사 갈게."

나한테도 그러던 이가 치킨 기계를 들여놓자 딱 두 번 닭다리를 사 가더니 그만이었다. 아래층 카페에서는 대형 마트 푸드 코트에 있는 음료 자판기를 들여놓으면 손님 많아도 번거롭지 않으니 장만하라고 성화를 했다고 한다. 들여놓으면 자기가 매일 하루에도 몇 번씩 사 가겠다고.

나와 인사를 하는데 끼어들어 크루아상 얘기를 계속하자, 희다방 사장님이 조용히 말한다.

"오시지도 않잖아요."

"아야, 내가 바빠서 그랬어. 많이 구워만 놔. 내가 다 사 갈 게."

"네, 몇 개나요? 그러시면 정말 그만큼 구워놓을 거예요."

담뱃값 계산을 끝낸 뒤 팔짱을 끼고 둘이 대화하는 모습을 지켜보고 있는 나와 눈이 마주친 허세남은 갑자기 자기가 너무 똑같은 허세를 여기저기 남발했다 싶었는지, 큰기침을 하며 내일 점심에 꼭 약속을 지키겠다며 나간다.

"우리 동네 제일 허풍쟁이예요."

"네, 알죠."

처음 문 열었을 때 내가 치킨 기계를 들여놓고 그랬던 것처럼 저 허풍에 희다방 사장님도 처음 며칠은 크루아상을 잔뜩 구워놓고 기다렸을 것이다. 몇 천 원짜리 물건을 사러 오면서 부리는 허풍을 믿고 물건을 만들어놓고 기다려야 하는 게 자영업자들이다. 저 허풍쟁이 남자의 허세를 야무지게 혼내서 좀 고쳐주고 싶지만 할 수 있는 거라고는 그의 허풍을 이렇게라도 소문내는 수밖에 없다.

때론 그냥 당한다

알바생이 새로 오면 간단한 계산법부터 몇 가지 주의 사항을 알려주는데, 여학생일 경우에는 남학생보다 알려줄 것이 몇 가지 더 있다.

"그럴 리는 없지만, 만약에 강도가 흉기를 들고 들어오면 어째야겠니?" 이렇게 질문을 하면, 갈등하는 표정으로 쭈뼛거린다. 그러다 대부분 "글쎄요, 비상벨을 눌러야겠지요?" 이런다.

"아니, 절대 그러지 말고 눈도 마주치지 말고 그냥 달라는 돈 꺼내 줘. 보험 처리하면 되니까 꺼내 주고, 신고는 아무 일 없이 보낸 뒤에 해도 돼."

이게 내 대답이다. 봉지를 공짜로 달라고 진상 부리고, 교차 안 되는 2+1 상품을 교차해 간다고 떼쓰면 대충 해주라고도 한다.

알바 하러 와서 다치면 안 되니까 학생들한테는 그렇게 가르치지만, 사실 나는 그렇게 순하게 넘어갔다가는 며칠 동안 약이 올라서 못 참는 성격이다. 다신 안 와도 된다고 욕하고, 경찰을 부르기도 한다.

저녁 늦은 시간에 낯선 술꾼이 가게에 나타났다. 키가 2미터 가까이 되는 남자가 마스크도 안 쓰고 들어와서 비틀거리며 선다. 덩치에 압도됐지만 나는 성깔 있는 사장이니 그냥 넘어갈 수는 없는 일, "손님!" 하고 부른다. 그러자 비틀거리는 남자가 쳐다보는데, 게슴츠레한 눈과 마주치자 살짝 주눅이 들어서… 말 대신 손짓으로 마스크 쓰라는 표시를 한다.

서서 비틀거리는 남자는 천천히 주머니를 뒤져 마스크를 꺼낸다. 그러더니 다시 비틀거리며 매대를 어슬렁거린다.

와인 매대 앞에서 비틀거리기에 카운터에 앉아서 CCTV 모니터를 지켜보면서 비틀거리다 넘어져 와인 매대를 둘러엎기 전에 미리 경찰을 부를까 살짝 고민했지만 참는다. 덩치 크고 비틀거리는 게 경찰을 부를 일은 아니니까.

잠시 후 도시락 매대로 옮기더니 몇 개 남지 않은 햄버거마다 들어서 눌러보고 던져놓곤 한다. 도시락 매대는 카운터 정면에 있어서 그런 행동이 바로 보이는데, 그러지 말라고 소리 지르고 싶은 걸 또 참는다. 다른 손님이었으면 충분히 말렸을 텐데, 덩치가 압도적이다 보니 참고야 만다.

햄버거를 하나 골랐는지 이번엔 돌아서서 빵을 흩어놓는데, 갑자기 봉지가 터지는 소리가 나기에 안 되겠다 싶어 싸워주려고 카운터를 돌아 나갔다. 그런데 매대 위로 쑥 올라온 거구에 붙은 머리가 카운터 모서리에서도 보이니 안 되겠다 싶어 다시 들어왔다.

한참 만에 남자가 빵 하나와 햄버거 하나를 계산하고 나가자마자 매대로 달려가 남자가 흐트러트린 빵을 정리하며 하나하나 살펴봤다. 세상에, 스콘을 눌러서 뭉개 터트려놓은 게 아닌가!

덩치에 밀려서 범죄 현장을 목격하면서도 꼼짝 못 하고 있던 게 약이 올라서 뭉개진 봉지를 가져다 테이프를 붙여서 보관해 놨다. 언젠가 멀쩡한 정신으로 다시 오면 오늘의 만행을 꼭 알려주리라 맘먹었다. 다음에 나타나기만 해봐라. 꼭 망신을 주고 말겠다. 혼자 중얼거리면서 문 쪽을 흘깃거린다. 말과 다르게, 어디서 빵 먹고 음료수라도 사러 다시 오는 건 아닌지 걱정하면서….

　약 오른다.

　"가게에서 술 취해서 비틀거리는 것은 삼가주세요, 손님!"

이 한 문장을 말하지 못하다니. 게다가 표독한 성질을 끽소리

못 하게 만든 것이 기껏 위협적으로 큰 덩치 때문이라니!

4

전지적 편의점 점주 시점

전지적 편의점 점주 시점

∷

용의자로 추정되는 사람이 근무하는 편의점. 물건들이 지나칠 만큼 완벽하게 진열되어 있는 깨끗한 매장을 보는 순간 형사는 용의자가 자신이 찾던 사이코패스임을 직감한다.

장기 미제 사건을 다룬 드라마 〈시그널〉의 한 장면이다. 많은 사람들이 이 드라마 최고의 명장면으로 꼽는 장면이고 나 또한 가장 기억에 남는 장면이다. '물건을 진열해 놓은 걸 보니 강박증 있는 사이코패스네.'라는 암시가 사람들에게 와 닿았겠지만, 나의 관전 포인트는 좀 다르다. 나는 이 장면이 이상하다.

"아니, 저 가게는 알바를 두 명 이상 쓰는 거야? 장사 안 되는 가게야? 강박 하면 나도 어디 가서 빠지지 않던 사람이었어. 그랬어도 사람들 들이닥치는 가게에 앉아 있다 보니 있던 강박도 고쳐지던데, 저럴 시간이 있단 말이야?"

사이코패스가 지금 사람을 더 죽이느냐 마느냐 하는 절체 절명의 상황에서도 편의점과 애기가 얽히면 나는 바로 점주의 시각으로 돌아간다. 철저하게 '편의점 점주 맞춤형'으로 사고 하는 나는 이 장면에서도 나만의 독특한 결론을 끌어낸다.

"저 가게 주인이 건물주네. 혼자 일하는 점주가 사이코패 스적으로 물건 정렬이나 하고 있으려면 손님이 많으면 어려울 텐데, 그런데도 수년간 버틴 거 보면 월세 내며 버티는 입장은 아닌 거지. 건물주네!"

술꾼들이 펴놨던 야외 테이블까지 접어둔 새벽 편의점. 쓰 레기를 치우러 온 환경미화원이나 근처 병원에서 근무하며 새 벽잠을 설친 간병인이 음료수를 사기 위해 가끔씩 드나드는 시간에 휴대폰으로 드라마를 몰아 보는 나는 이제 드라마뿐만 아니라 사물과 사람을 보는 시각마저 달라졌다.

나는 한때 극의 전개 방식, 드라마에 내재된 사회 문화적

현상과 성장 환경이 등장인물의 사고에 미치는 영향 등등을 분석하며 논문을 쓰던 늦깎이 학생이자 습작을 하며 시나리오 작가를 꿈꾸던 사람이었다. 그러던 내가 편의점 운영 7년여 만에 임대주인가 임차인인가에 따라 고용 형태가 달라지고, 정규직인가 비정규직인가에 따라 구매 습관이 달라진다고 믿는 지극히 속된 눈으로 사건과 사물을 판단하는 장사꾼이 된 것이다. 명명하자면 '전지적 편의점 점주 시점'을 가진 인간이 된 것이다.

편의점 점주 시점으로 세상을 보다 보면 건전하고 알뜰한 소비 생활을 하는 사람들보다는 무분별한 소비 생활을 하며 헤픈 손님들을 더 사랑하게 된다. 가게에 들어와서 편의점 물건은 비싸다면서 이것저것 고르며 가격을 따지는 건전한 연인들과 부부들보다는 썸 타느라 바라는 건 다 해주고 싶어 하는 남녀들을 특히 환영하게 된다. 동네 가게 안에서 머무는 시간이 길어지게 되면 점원이 자신을 기억하게 될까 봐 상대가 원하지도 않는 물건을 바구니에 쓸어 담으며 후다닥 나가는 불륜 남녀일수록 무한 사랑을 주게 되는 것이다.

가끔은 부도덕한 판단에도 눈감고, 가끔은 비굴해지기도

하는 점주의 시선으로만 보자면 가장 아름다운 주인공들은 매상을 많이 올려주는 고객님들이겠지만 아직 그 절정의 단계까지는 오르지 못했다. 매상을 잔뜩 올려주는 훌륭한(?) 고객들의 인간적인 흠이 먼저 보일 때가 있어서 여전히 투덜거리는 것을 보면 전지적 편의점 점주 시점에 완벽하게 도달하기까지는 나는 아직 멀었다. 분발해야겠다.

점주라서 좋다

:

언론에서 자영업자들의 열악한 현실을 얘기할 때 24시간 돌아가는 편의점 운영자 얘기는 빠지지 않고 나온다. 그러다 보니 주변 사람들, 특히 우리 엄마는 세상에서 제일 힘든 일이 편의점 운영이라 생각하는 모양이다.

"우리 할머니, 얘기하기 좋아하는 건 일등"이라고 조카들이 입을 모을 정도로 엄마는 수다를 좋아하는 사람이다. 그런 수다쟁이 할머니가 내게만은 전화하기를 조심스러워한다. 신호가 두 번만 가면 끊어버리고, 어쩌다 통화가 되면 자는 데 방해해서 어쩌느냐며 할 말만 하고 서둘러 끊는다. 편의점을 하다 보면 늘 밤낮이 바뀌어 있고, 깨어 있는 시간에는 늘 일을 하고 있다는 인식 때문에 나는 엄마 잔소리를 피해 갈 수 있다.

편의점 점주라서 좋은 점을 굳이 꼽는다면 순위 안에 들어갈 장점이다.

보통 남편인 이 사장과 번갈아가며 가게를 본다. 집에서는 만나봐야 서둘러 밥이나 챙겨 먹고 잠자고 나오기 바빠서 얘기할 짬이 없다. 그나마 둘이서 대화라는 것을 할 시간은 근무 교대를 하는 몇 십 분 동안이다. 처음 편의점 일을 시작했을 때는 일도 서툴고 서로 안 해본 일을 하는 상대가 안타까워 근무 교대를 한다고 해도 몇 시간씩 같이 일을 하며 대화도 많이 했다. 그러나 이제 어느 정도 익숙해지다 보니 같이 있는 시간은 될 수 있는 대로 짧게 한다. 만나기만 하면 티격태격하는 우리 부부에게는 싸움을 하고 싶어도 저절로 피할 수밖에 없는 최고(?)의 조건이다.

그렇다고 전혀 안 싸우는 것도 아니다. 만나서 5분 만에도 짬을 내서 싸울 건 다 싸운다. 하루는 담배를 사고 비닐을 벗겨서 버리려고 쓰레기통 앞에서 시간을 지체하던 손님이 우리 부부가 티격태격하는 소리를 들었던 모양이다. "그럼요, 부부는 싸워야 부부지요. 안 싸우면 부부 아닙니다." 하며 격려(?)를 해주고 나갔다.

편의점을 하다 보면 남편을 포함해서 다른 사람들과도 자주 만나기 쉽지 않다. 자주 안 만나니 부딪힐 일도 별로 없다. 사람들과 부딪힐 일이 적은 것도 좋은 점이라고 해야 하나?

나처럼 시어머니를 모시고 집에서 명절을 쇠는 며느리에게 편의점은 명절 스트레스를 피해 가는 최고의 업종 되겠다. 편의점을 시작하고부터 명절 가사 노동에서 해방돼 평소보다 덜 바쁘고 편하게 명절을 보낼 수 있다. 바쁜 명절 아침에 가게에 혼자 나와 있으면 손님이 없어 속은 쓰리지만, 그야말로 휴식 같은 시간이다.

퇴직을 앞둔 친구들이 새로운 일을 해보고 싶을 때 제일 먼저 생각나는 일이 편의점인 모양이다. 다른 업종에 비해 자본금이 많이 들어가지 않고, 대기업인 본사에서 영업 활동을 적극적으로 해주기 때문에 특별한 기술이나 장사 경험 없이도 시작할 수 있다는 인식 때문일 것이다.

가끔씩 찾아와 이 일을 해보고 싶다는 친구들에게 이 사장은 이것저것 기술적인 조언을 하기도 하지만, 나는 앞서 나열한 이야기를 해준다. 부부 싸움 할 시간 많고 명절 스트레스가 있어도 남들 놀 때 놀고 일할 때 일하고 싶은 속내의 반어적 표현이라는 것을, 조언이라고 듣는 친구들은 다 안다.

2022년 최저 시급이 전년에 비해 시간당 440원 오른 9,160원이 됐다. 발표가 나자마자 자영업자들이 다 망하게 생겼다고 얘기하는 손님들이 있다. 대규모 고용을 하는 업체에서는 부담될 수 있는 가격이지만, 가족노동으로 일을 꾸려나가는 우리 편의점 같은 경우는 큰 부담은 아니다. 전혀 영향이 없지는 않겠지만, 짧은 시간 아르바이트를 하겠다고 오는 학생들이 440원 오른 시급으로 조금이라도 여유가 생기면 그걸로 됐다고 생각한다. 바꿔서 생각해 보면 우리의 노동 가치도 440원 상승한 것 아닌가? 시급을 줄 때는 많이 오른 것 같다가도, 우리 노동 가치가 시급 440원 오른 거라 생각해 보면 정말 별거 아니지 않은가!

말하기 쉬운 사람들은 몇 개 매장을 열어두고 아르바이트생 관리만 해도 되는 것 아니냐고도 하지만, 세상이 그렇게 호락호락하지 않다. 24시간 운영해야 하는 가게를 열어두고 알바생의 노동만으로 운영하려면 시급 오르는 것이 당연히 큰 부담이다. 시급도 시급이지만 대부분의 자영업이 그렇듯 편의점도 본인이 노동할 자세가 되어 있어야 할 수 있는 일이다.

편의점 일은 대충 할 수 없는 일이다. 그랬다가는 하루 만에 매대는 엉망이 되고 며칠 지나지 않아서 바로 매출에서도 차이가 난다. 목이 좋으면 좋은 대로 높은 임대료 때문에 고전할 것이고, 목이 나쁘면 부족한 매출 대신 노동 시간을 늘려서 수익을 올려야 한다. 쉽지 않은 일이다.

그러니 좀 편하게 할 수 있는 업종을 찾아서 편의점을 해볼까 하는 친구가 있으면 얘기 끝에 꼭 덧붙이는 말이 있다. 치사해도 그냥 버틸 수 있으면 버티면서 가늘고 길게 월급쟁이 하라고. 월급쟁이에서 자영업자가 될 수는 있어도 자영업자가 다시 월급쟁이가 되기는 쉽지 않다. 그 괴롭고 스트레스 많았던 월급쟁이 시절이 그리울 만큼, 자영업은 생각보다 힘든 일이다.

장사가 잘돼도 나가야 한다

디저트 가게는 이전에 골뱅이집이었다. 층고가 높은 건물 1층 공간을 2층으로 불법 개조해서 영업을 하던 이 집에 친구들과 도 가끔 가서 술을 마셨다. 찜통에 쪄내는 골뱅이가 맛있는 집으로 장사가 꽤 잘됐다. 장사가 잘되자 건물주는 월세를 파격적으로 올렸고, 골뱅이집 사장은 임대료 싼 곳을 찾아 가게를 옮겼다. 장사가 잘돼서 쫓겨나다시피 문을 닫는 것도 억울한데, 2층까지 만드느라 돈이 엄청 들어간 가게를 원상 복구해야만 했다. 지금은 커피와 케이크를 파는 디저트 가게가 들어와 있는데 다행히 장사가 잘된다는 소문은 없으니 월세가 더 오르지는 않을지도 모르겠다.

그 옆 옷가게는 전에 잔치국수와 나물밥을 파는 집이었다.

오토바이를 타고 다니는 콧수염쟁이 사장이 애인인 듯한 여자와 단둘이 장사를 했다. 손수 만든 육수에 말아주는 잔치국수와 그때그때 나오는 계절 나물로 만들어주는 비빔밥이 맛있어서 늦게 가면 재료가 떨어져서 먹지 못할 정도로 장사가 됐다. 결국 두 배로 올려달라는 월세를 내고는 장사할 수 없다는 콧수염쟁이 사장도 인테리어를 원상 복구시켜 놓고 가게를 나가야 했다.

갈빗집은 전에 이자카야였다. 역시 장사가 꽤 되던 이 집은 한창 시간에는 5명 이상이 근무해야 할 정도로 성업 중이었는데 2년 만에 인사도 없이 떠난 것을 보면 다른 가게와 같은 이유였을 것이다.

그 뒤로 들어온 갈빗집은 근처에서 육개장집을 해서 그럭저럭 돈을 번 남자가 무턱대고 들어와서 장사를 하던 곳이다. 육개장집이 성업 중이자 장사에 자신감이 넘치는 사람이었다. 함께 일할 젊은이들과 파라솔에 앉아서 아이템을 고민하던 사장은 내가 듣거나 말거나 음담패설을 떠들어대며 호기를 부릴 정도였는데, 인테리어 끝내고 한 달도 지나지 않아서 풀 죽은 모습이었다. 그 뒤로 거의 문을 닫은 채로 반년을 보내다가 가게를 내놨다는 소문이 돌았고 꼭 1년 만에 새 주인이 나타났다. 찻집이 들어온다고 했다. 1년 동안 매달 낸 수백만 원의 월세와 인테리어비, 원상 복구비는 넘겨받는 찻집 사장한테 권리금으로 어느 정도 보충했다고 했다. 이번엔 찻집이 걱정이다.

우리 건너편 경쟁 편의점이 폐점을 하고 나갔다. 그 자리에 한 달 공사 끝에 이자카야가 또 들어왔다. 우리 동네는 이자카야가 되는 동네인지 새로 연 집도 장사가 잘된다고 벌써부터 소문이 났다. 며칠 전에 그 가게 부매니저라는 사람이 인사를 하러 왔다. 장사가 잘된다고 흐뭇해하는 얼굴을 보니 벌써부터 걱정이 앞선다. 소문나면 월세 오를 텐데….

우리 가게 맞은편 경쟁 편의점은 우리 가게가 문을 연 뒤 주인이 두 번 바뀌더니, 결국 본사 직영점이 됐다. 그 가게 야간 알바생은 가게 문을 닫은 뒤 우리 가게에 도시락을 사 먹으러 오곤 했다. 하지만 그 직영점도 곧 폐업을 했다. 경쟁점이 없어지자 우리 가게는 반짝 매상이 올랐다. 처음부터 그다지 친절하지 않던 우리에게 장사가 잘되니 배가 불러서 불친절해졌느니 어쩌느니 하는 사람들이 생겼다. 정말 배불러 불친절할 정도로 장사를 해볼 수 있는 조건이라면 얼마나 좋을까 생각했다. 결국 걱정하던 일이 터졌다. 장사가 너무 잘되는 바람에 마지못해 나갈 수밖에 없었던 다른 가게들처럼 우리도 감당할 수 없을 만큼 월세가 오른 것이다. 고매출 가게로 인정받던 가게였지만 결국 폐업을 하고 손님이 적더라도 월세가 싼 가게를 찾아 지금 자리로 옮겨 왔다.

2018년 내가 장사하던 동네가 그랬다. 그 동네만 그런 것은 아니었을 것이다. 그때나 지금이나 대부분의 자영업자들은 늘 살얼음판을 걷는 기분으로 산다.

밤을 사는 사람들

:

우리 가게에 공산품을 배달하는 기사님은 주말 하루를 빼고 매일 새벽 두 시에 물건을 싣고 온다. 우리 가게에만 오는 것이 아니기 때문에 몇 군데를 돌고 일을 마칠 즈음이면 해가 뜰 것이다. 갑자기 급한 일이 생겨서 쉴 수밖에 없을 때는 지입차를 쓴다고 한다. 자신이 일해서 돈 벌어야 할 시간에 다른 사람에게 일을 맡기는 것이니 비용은 자기 부담이다. 일종의 무급 휴가다. 일이 고되고 고용이 불안해서 담당자가 자주 바뀌지만, 일을 하는 동안에는 지입차를 자주 쓰는 기사님을 거의 못 봤다. 쉬면 수입이 줄어들기 때문이다. 1년 내내 주말 하루를 뺀 나머지 날 동안 빠짐없이 밤을 지키는 사람들이다.

집이 경기도 안산에 있어서 일을 끝내고 분당에서 안산까지 가야 한다는 맘 착한 기사님이 있었다. (있었다는 표현을 쓰는 건 길게는 1~2년, 짧게는 서너 달 만에도 바뀌는 기사님들이 직률을 반영하듯 이 기사님도 잠시 일하다가 가셨기 때문이다.) 그 시간에 집에 가면 차를 세울 곳이 마땅치 않아서 헤맨 적도 많다고 걱정을 하기도 했다. 배달 일이 처음인 것 같았다. 짧게 일했지만 열심히 하려는 의지가 있고 맘이 여려서 기억에 더 남는 분이다.

길이 막힐 때 말고는 늦는 적이 없는 이 기사님이 두 시간이나 늦게 온 날이 있었다. 배달할 물건을 5톤 탑차에 싣고 자신이 맡은 구역 몇 군데를 돈다. 매일 실어 나르는 양이 어마어마하다. 지금은 탑차 안에 있는 물건을 리프트에 실어 내리지만 그 기사님이 일하던 몇 년 전만 해도 물건 박스를 일일이 들어서 내려야 했다. 그러는 과정에 물건이 쏟아져서 파손이 되기라도 하면 자신이 손실을 보상해야 하니 경험이 부족한 기사님은 늘 조심스러워했다.

기사님이 늦은 그날, 물건을 내리다 쌓여 있던 물건이 떨어지면서 사고가 났다고 한다. 평소 때처럼 파손을 막으려다 떨어지는 물건에 이마가 찢어졌던 것이다. 가게 근처에 대학 병원이 있어서 배달 차를 세우고 응급실에서 7센티미터 이상을 꿰맸다.

직업인이 그런 사고를 당하면 보통 그날 일은 쉬게 마련이지만 배송 일은 다르다. 배송 기사님이 중간에서 물건 배달을 중단하면 그 물건을 받아야 하는 가게들이 다음 날 영업을 못하게 된다. 대낮이라면 물건을 대신 운반해 줄 사람을 어떻게라도 찾아보겠지만 새벽 시간 아닌가? 갑자기 일을 대신해 줄 사람을 찾기도 힘들고, 배달을 하지 않을 수도 없다. 결국 평소보다 늦은 시간에 이마에 피딱지가 앉은 상태로 다리를 절며 온 것이다.

기사님의 처지가 안타깝지만 우리라고 뾰족한 대책이 없었다. 집에 가려던 남편과 알바생까지 다 나서서 짐을 날랐다. 핼쑥한 얼굴로 다음 가게로 출발하는 기사님을 보자니 맘이 좋지 않았다. 다음 가게에 가서도 물건을 혼자 내리지 말고 알바생에게 도와 달라고 하라고 당부를 하고 보냈다. 파라솔 아래서 맥주를 마시던 넥타이 맨 손님들도 이 상황을 보고 자기 일처럼 안타까워했다.

24시간 돌아가는 가게를 시작하고 난 후에는 '세상이 잠드는 시간'이란 말은 그저 문학적 언어에 불과한 게 아닐까 싶을 때가 있다. 야간 편의점을 지키다 보면 세상이 잠드는 시간이 밤일 수 없는 사람들이 참 많다.

대전에서 왔다는 대리 기사 아저씨가 캔 커피를 한 개 사더니 터미널까지 가는 대략의 택시비와 찜질방 위치를 묻는다. 아는 만큼 대답해 주고 내 일을 하느라 잊고 있었다. 그런데 간 줄 알았던 아저씨가 한참 후에 다시 들어온다. 낯선 곳에서 밤을 보내야 하니 어디가 어딘지도 모르겠고, 그나마 몇 마디 나눈 내가 지키는 가게에 들어와 기다리기로 작정한 모양이다. 가게 구석, 라면 시식대에 서서 여기저기 전화를 한다. 택시비와 찜질방 비용을 비교해 보는 것이다. 대전까지 대리 기사를 실어 나르는 택시가 있다는 것을 알아낸 뒤에는 이제 택시가 떠날 시간까지 기다려야 한다. 캔 맥주를 하나 사면서 묻지도 않는 내게 설명을 한다. 캔 맥주를 마시면서 한 시간 반 뒤에 떠나는 택시를 기다리겠다는 것이다. 아저씨가 파라솔 구석 자리를 차지하고 앉은 시간은 새벽 3시다.

인터넷 보수 일을 하는 아저씨 셋이 들어와 음료수 3,800원어치를 산다. 인터넷 보수 기사님도 남들이 다 자는 이 시간이 업무 시간인 모양이다. 음료수 값 3,800원을 서로 내겠다며 가볍게 실랑이를 하다 연장자로 보이는 사람이 돈을 내자 남은 둘은 황송해한다. 술값이 3,800원이면 아무것도 아닐 텐데 이상하게 작업 중인 노동자들이 서로 내겠다는 3,800원은 왜 그리 커 보이는지…. 음료수를 나눠 마시고 아저씨들은 다음 작업장으로 서둘러 출발한다.

야간에 배송을 하는 배달원, 대리 기사, 인터넷 보수 업체 직원들. 내가 만난 이 사람들이 자정 가까운 시간에 움직이는 것은 어쩌다가 한 번 있는 일이 아니다. 이들에게 야간은 업무를 시작하는 일상의 시간이다. 그들과 만들어가는 야간 편의점의 밤 시간이 나에게도 특별할 것 없는 일상이 된다.

보이는 게 전부가 아니다

:

매장 카운터 안에 있다 보면 손님들과 얘기를 나눌 일이 별로 없다. 어쩌다 성격이 서글서글한 손님이 먼저 말을 걸어주면 (그 손님이 크게 거슬리지 않으면) 우리도 다정하게 인사도 하고 얘기도 나누게 된다. 간단한 날씨 이야기나 매장에서 취급하는 물건 평 같은 사소한 이야기들이다. 고차원적인 사고가 필요하지 않은 대화로 이어가는 관계이다 보니 사람에 대한 평가도 지극히 사소하고 단편적이다. 나누는 이야기의 소재에 따라 관계의 깊이도 정해지는 법이다.

몇 달 동안 줄기차게 샐러드만 사 먹던 아저씨는 길고 곱슬거리는 머리를 이마가 훤히 드러나게 넘긴 스타일을 고집한다. 그 모습에서 고이즈미 전 일본 수상이 보여서 우리끼리 고이즈미 아저씨라고 부른다. 사람 좋아 보이는 고이즈미 아저씨는 한동안 우리 가게에 입고되는 샐러드를 거의 다 사 갈 정도로 샐러드 마니아다. 신제품이 나오면 아저씨를 위해 바로 주문을 해놓기도 했다.

손님이 상대적으로 적은 야간에 근무를 하는 조 여사는 안 그러서도 된다는데도 그 시간에 드나드는 손님에게 적극적으로 영업을 해서 매출을 올리려고 애를 쓴다. 신제품이 들어왔는데 고이즈미 아저씨가 그냥 지나치려고 하면 조 여사는 아저씨를 위한 특별 주문이라는 설명을 해서 구매를 유도한다. 그러면 기분이 좋아진 아저씨가 이번에는 그 제품을 물릴 때까지 매일 싹 쓸어 사 간다. 그다음 날에는 어제 사 먹은 샐러드가 참 좋았다며, 닭가슴살 튀김을 조금 찢어 넣었더니 더 훌륭하더라는 등의 시식평을 잊지 않는다. 본인 미각이 감각적이라는 자부심이 넘쳐 보인다.

그러던 아저씨가 어느 날 살이 너무 빠졌다며 기름진 도시락을 찾기 시작했다. 한번 파면 같은 것만 집중적으로 파는 성격인지 이번에는 비빔밥에 꽂혔다. 입고되는 대로 싹쓸이한다. 이제 관심사가 샐러드에서 도시락으로 옮겨 갔는지 GS25

도시락이 잘 나왔다고 매번 칭찬을 한다. 우리 가게에서는 야간에 비빔밥만 사 가는데, 낮에 회사에서는 GS25의 일본 라멘만 먹는다고 한다. 편의점 라멘이 도쿄에서 먹는 것과 똑같은 맛이라느니 어쩌고저쩌고하면서 장금이급 입맛을 타고난 것처럼 말한다.

우리 가게 도시락 평에 신난 아저씨의 얘기를 듣고 놀라워하지만 아저씨가 나가고 나면 우리끼리 결론을 내린다. 고이즈미 아저씨의 입맛은 저렴하다고. 밀가루 반죽이나 다름없는 냉동 피자가 세상에서 제일 맛있기라도 한 것처럼 말하는 걸 보면 그렇다고.

그런데 가만히 지켜보면 아저씨는 우리에게 자신의 입맛이 고급이라는 것을 자랑하는 것이 아니다. 자신이 편의점 도시락을 애용하는 젊은이들과 도시락 정보를 공유할 정도로 소통이 많다는 것을 은근히 자랑하는 것이고, 이러면서 우리와 나눌 얘깃거리도 찾는 것이다.

샐러드나 도시락 종류 어느 한 가지만 집착을 해서 먹는 것이라 생각했는데, 지켜보니 그게 아니었다. 많은 것 중에 칭찬할 만한 얘깃거리를 찾은 것이다. 매일 만나는 우리들에게 사소한 인사를 나누다 보니 덕담을 해야 하는데 무난하게 도시락 평을 해왔던 것을 우리는 싸구려 도시락에 집착하는 인물로 본 것이다.

어느 날 오랜만에 만난 아저씨는 역시나 도시락 칭찬을 하고 나더니 이번에는 휴가 간 조 여사 칭찬을 늘어놓는다. 부지런하고 싹싹해서 새벽에 조 여사랑 말동무하러 오는 손님이 많다는 얘기다. 말동무하러 오는 손님들 중에 자신도 포함된다는 얘기는 안 하지만 듣다 보니 알 것 같다.

얘기 끝에 쉬는 날이 있으면 전시회나 한번 보러 오라고 하기에 좋다고 했더니 바로 다음 날 전시회 티켓을 가져다줬다. 알고 보니 세계적인 유명 화가의 전시회를 유치한 미술관 관장님이었다. 티켓을 주고받다 보니 대화 소재가 이제 도시락에서 전시회 얘기로 바뀐다. 조 여사와 함께 전시회에 들르면 직접 작품 설명을 해주겠다고 하는데, 장금이 입맛을 자랑하던 고이즈미는 사라지고 불어를 유창하게 하는 미술 큐레이터로 변신한다. 얘기 소재가 바뀌니 도시락 품평만 하던 5제곱미터(1.5평) 카운터가 이제 예술을 논하는 장소로 변했다. 이런 재미로 또 하루를 보낸다.

우울 바이러스를 퍼트리는 남자

:

아주 우울한 얼굴로 와서 커피 한 잔을 뽑아 들고 어디다 전화를 길게 했던 아저씨가 있었다. 손님이 없던 조용한 오후여서 안 들으려고 해도 통화하는 내용이 다 들렸다. 어딘가에 중고물품을 팔려고 내놓고 상대와 흥정 중이었다. 통화 상대방은 가격을 깎으려는 것이 아니다. 남자가 내놓은 물건을 한꺼번에 구매하려는 상대방은 그렇게 많은 중고 물품을 내놓게 된 사연이 궁금한 것이다.

"제가 쓰던 물건이 맞고요." 하더니 카운터에 있는 내가 그제야 의식이 됐는지 남자가 내게 등을 돌리고 앉는다. 그러나 안 들으려고 해도 들리는 목소리. 자신이 사려는 중고 물품의 이력이 궁금한 상대에게 남자는 이혼한 지 한 달쯤 됐는데, 아내와 쓰던 물건을 내놨다고 털어놓았다. 한참 동안 물품 목록과 가격을 주고받은 뒤 거래가 성사된 모양이었다. 후련했는지 표정이 좀 밝아져서는 감자칩 한 봉지에 포도 주스를 놓고넋이 빠져서 앉아 있었다.

이날 이후 아저씨는 몇 달 사라졌다 다시 나타났다. 행색은더 남루해졌다. 삶의 의욕을 잃은 사람이라고 얼굴에 쓰고 다니는 것 같아서 볼 때마다 나까지 힘들었다. 손님이 들어서면우리야 형식적이기는 해도 언제나 인사를 한다. 대부분 반응을 하지만 뭔가에 골똘한 사람이나 지극히 소심한 사람, 형식적 인사를 싫어하는 사람들은 우리의 인사를 받지 않는다. 덧붙여서 삶의 의욕을 잃은 사람도 남의 인사를 받지 않는다는것을 이 아저씨가 보여준다.

오늘도 매장 문이 딸랑거리며 열리면 어서 오시라 인사를하지만 아저씨는 터덜거리는 발걸음으로 인사도 없이 카운터를 지나쳐서 매대를 어슬렁거린다. 무심하게 물건을 들었다내려놓으며 매번 한숨이다. 이혼 전에는 어땠을지 모르지만전에도 저랬다면 이혼 사유가 뭐였을지 짐작이 간다. 한숨이

습관이 된, 우울 바이러스를 퍼트리는 남자. 이혼했다고 사람들이 다 저렇게 살지는 않을 텐데….

　동네 편의점에 들어와서까지 활기를 가장할 필요야 없지만 낯선 사람에게 방심할 때 보이는 모습이 그 사람의 본 모습이 아닐까? 문을 열고 들어오자마자 퍼트리는 우울함. 매번 보고 있자니 나까지 괴롭다.

편의점 출입 루틴

:

주 7일 문을 여는 가게를 운영하며 벌어지는 캐나다 이민자 가족 이야기를 그린 〈김씨네 편의점〉이라는 드라마 시리즈가 있다. 그중 한 장면. 히잡을 두른 쌍둥이 자매가 문을 열고 들어오자 김 씨는 친근하게 "굿모닝, 레쉬마!", "헬로, 나야!" 인사를 한다. 이를 지켜본 다른 손님이 묻는다.

"이런 걸 물어도 되겠나 싶지만, (얼굴을) 가리고 있는데 어떻게 알아보죠?"

김 씨가 대답한다.

"관심을 가지면 보여요."

〈김씨네 편의점〉 에피소드를 통틀어 가장 공감이 되는 부분이다. 관심을 갖고 지켜보면 알게 되는 것들이 있다. 캐나다의 김 씨네 편의점이나 경기 분당의 박 씨네 편의점이나 상황이 다르지 않다. '관심을 가지면 보인다.' 그러나 그보다 반드시 선행되어야 할 것이 있다. 자주 드나들어야 한다는 것.

출근하는 시간에 라디오를 틀어놓고 운전을 하다 보면 같은 시그널이 울리는 시간에 늘 같은 신호등에 걸려 서 있는 것을 발견할 때가 있다. 인식하지 못하지만 사람들은 놀라울 만큼 패턴대로 움직인다. 편의점에 드나드는 손님들 상황도 비슷하다. 현금 인출기에서 돈 세는 소리가 나면 어김없이 나타나는 손님이 있기도 하고, 커피 머신 자동 세척 기능이 작동을 하면 문을 열고 들어서는 손님도 있다.

출근 시간에 가게에 드나드는 손님들이 물건을 산 시간을 기록해서 볼 수 있다면 아마 시, 분, 초까지 맞아떨어지지 않을까 싶다. 동일한 시간대에 움직이는 전철이나 배차 시간이 일정한 버스를 타고 출근하는 사람들이라서 그런지 늘 같은 시간에 같은 담배, 같은 우유, 같은 커피를 산다.

너무나 똑같은 패턴으로 움직이기 때문에 어쩌다 평소와 달라지기라도 하면 금방 알 수 있다. 머리 모양, 입은 옷, 풍기는 향수가 달라진 것에서도 알 수 있지만 그 사람이 고른 물건이 달라지면 그날이 평소와 다르다는 것, 심지어 달라진 이유까지 추측할 수 있다. 가령 늘 딸기 우유를 사는 어린 간호 교육생이 갑자기 배 음료를 사면 나는 짐작을 한다. 어제 한잔했구나.

제시간에 직장을 나가야 하는 사람만 루틴이 있는 것이 아니다. 새벽에 어김없이 나타나 인스턴트식품을 이것저것 바꿔가며 골라 사 가는 사람이 있다. 이 사람은 물건이 들어와서 검수기를 세팅할 즈음에 나타난다. 물건이 배달되는 시간은 도로 사정에 따라 조금씩 다를 수 있지만 이 사람이 나타나는 시간은 정확하다. 이 사람이 검수기 날짜를 세팅할 때 왔는지, 물건을 한두 박스 체크했을 때 왔는지에 따라 그날 물건 배달이 몇 분 늦었는지를 가늠할 수 있을 정도이다.

일정한 시간 패턴으로 움직이는 사람이 있는가 하면, 매일 똑같은 상품을 습관적으로 사는 사람들도 있다.

오후 6시가 넘기 무섭게 와서 500ml 캔 맥주와 페트병에 든 640ml 소주를 매일 사 가는 젊은 남자, 술집도 문을 닫는 늦은 시간에 대리 기사인지 운전기사인지 다른 사람이 운전하는 차에서 내려 비틀거리며 페트병 소주 네 병을 사 가는 중년 아저씨, 산책을 마친 반려견과 함께 와서 복분자주 한 병과 과일 소주 두 병을 매일 사는 외국인 여자, 가게 문을 닫는 시간에 와서 녹색 뚜껑 막걸리를 두 병씩 사는, 자영업자로 보이는 중년 남자, 매일은 아니지만 일주일에 두 번씩 고급 증류 소주를 세 병씩 사 가는 젊은 여자⋯. 저녁 시간에 습관적으로 상품을 사는 사람들의 구매 루틴은 주로 술에 한정된다.

편의점 루틴을 잘 연구하면 현대인의 소비 패턴과 문화적 습관의 변화를 이해할 수 있는 수준 높은 논문 몇 편은 나올 것이다.

외로워서가 아니다

:

날이 을씨년스러워서 그런지 우리 동네 '행복한 밥상'에는 혼
술상이 늘었다. 그런데 혼술을 하면서도 다른 테이블 손님을
의식하는 모양인지 어느 테이블에서 소주 한 병을 추가 주문
하면 여기저기서 "저도 한 병 더요!" 소리가 나온다. 소주 더 마
시기 배틀 현장에 있는 것 같았다. 같은 공간에서 배틀이 벌어
지면 혼자 마셔도 혼자가 아닌 것이 되는 건가.

현대인은 외롭다고 한다. 작은 내 가게에서 사람들이 말하
는 '현대인의 외로운 삶의 형태'를 보여주는 혼술·혼밥·혼쇼
핑족을 매일 만난다. 외로워서가 아니라, 관계에 매몰되지 않
는 당당한 선택이라고 믿는 나는 내 나름의 소극적인 방식으
로 그들을 응원한다.

이미 취해서 혀가 꼬인 발음으로 소주와 종이컵을 산 여자가 있다. 어찌 보면 멋을 부린 미성년자 같고, 어찌 보면 친구 결혼식에 참석한 하객인 것 같은 차림새다. 눈썹이 짙은 이 여자는 신분증을 요구하자 87로 시작하는 주민등록증을 내보인다. 계산을 하면서도 한숨을 내쉰다. 사람들이 지나다니는 활기찬 휴일 대낮에 파라솔 아래 혼자 앉아 깡소주를 마시는 여자, 가게 위층 결혼식장에 온 하객들로 보이는 젊은 사람들이 잔뜩 몰려다니는 가운데서 유독 도드라져 보인다. 결혼식 주인공 중에 전 애인이었는지도 모를 일이다. 카운터에서 슬금슬금 내다보면서, 대낮에 거리 한복판 파라솔에서 혼술을 마시는 그 당당함으로 어디서나 씩씩하게 살라는 응원의 마음을 보냈다.

탄산음료 500ml, 쇠고기 김밥 한 줄, 직화 돼지껍데기, 직화 닭발, 쫀득 감자 수제비. 편의점에서 사는 것치고는 평균 객단가를 몇 배 넘는 액수를 계산하는 아가씨 손님. 봉지를 주느냐고 물어봤더니 먹고 갈 거라고 한다. 한 끼 식사로는 적지 않은 양인데… 김밥, 돼지껍데기, 닭발을 전자레인지에 데우면서 한쪽에서는 감자 수제비에 물을 붓고 기다린다. 전에도 퇴근

210

시간에 와서 맥주 한 모금 마시지 않고 술안주로나 어울릴 음식을 데워서 혼자 휴대폰 영상을 보며 저녁으로 먹었던 손님이다.

구세대인 내게 요즘 세대의 당당한 혼밥 문화를 보여주는 아가씨다. 결혼 전 혼자 시장 순댓국집에서 저녁을 먹으며 사람들 눈치를 보던 생각이 난다. 언니한테 "다 큰 처녀가 어떻게 혼자 술국으로 저녁을 먹을 생각을 했느냐?"는 핀잔을 듣고는 다시는 그 집에 혼자 가지 않았다. 혼밥 아가씨의 당당함을 응원하는 의미에서, 주변 신경 쓰지 말고 편하게 먹으라고 경쾌한 리듬의 노래 모음을 검색해서 틀어줬다.

바나나맛 라이트 우유에 집착하는 40대 여자 손님이 있다. 뱅스타일 앞머리와 새까맣게 염색한 긴 생머리를 늘어뜨린 모습이 나이보다 어려 보이려고 노력한 듯한데, 퇴근 무렵 피곤한 얼굴에서는 제 나이가 보인다. 퇴근해서 혼자 사는 집에 들어가기 전에 편의점에서 쇼핑하는 것이 사는 낙인 모양이다.

이 손님이 언제부터인가 2+1 하는 바나나맛 라이트 우유에 꽂혔다. 6개를 주문해 달라고 한다. 인기 있는 상품이 아니기 때문에 적게 주문하겠으니 그날그날 사 가는 게 어떠냐고 물었더니 걱정하지 말라고 한다. 자기가 다 살 거라고. 그래 놓고 정말 며칠째 바나나맛 라이트 우유를 6개씩 사 간다. 그 손님 퇴근 시간과 우리 가게 물건이 들어오는 시간이 얼추 맞아떨어진다. 손님이 먼저 도착하는 날이 더 많은데, 그러면 기다렸다가 물건 박스를 내려놓자마자 뒤져서라도 사 간다. 그럴 때마다 나는 배송 박스를 다 들춰내야 한다.

같은 일이 몇 주째 계속되자 귀찮아서 이 사장에게 흉을 봤다. 그러지 말란다, 외로워서 그러는 거라고. 바나나맛 라이트 우유랑 사랑에 빠진 거라나. 저녁마다 배송 박스 뒤지느라고 짜증 나던 마음이 이 사장 얘기에 스윽 풀린다. 어느 작은 의류 상가에서 점원으로 일한다는 손님이 외로워서든, 일에 지쳐서 스트레스를 받아서든 혼자 있는 저녁 시간을 달콤하게 해줄 우유라도 있다는 게 얼마나 다행인가!

저녁에 들르면 우유 박스 대여섯 개쯤 번쩍번쩍 들어서 좋아하는 바나나맛 라이트 우유를 찾아서 주리라 맘먹는다.

자발적 3포 총각

:

오전 7시부터 빨간색 뚜껑 소주를 사러 오는 술꾼 손님이 있다. 20대 후반이나 30대 초반으로 보이는 청년이다. 고정적으로 하는 일이 있는 것 같지는 않다. 밤낮으로 들락거리며 꼭 한 병씩 술을 산다. 어느 날은 다른 회사의 하늘색 뚜껑 소주도 사기에 웬일이냐고 물었더니 술은 못 줄이는 대신 좀 순한 걸로 마셔보는 중이라고 했다. 그러다 늦은 시간이 돼서 다시 오면 역시 파란 뚜껑으로 안 되겠던지 빨간 뚜껑을 골라 들고 간다.

365일 변함이 없어서 한번은 물어봤다. 한꺼번에 사면 할인도 하고 그러는데 왜 늘 한 병씩만 사느냐고. 너무 많이 마실까 봐 그런단다. 적어도 많이 마시면 안 된다는 다짐은 하고 사는 모양이다. 문제는 다짐만 한다는 것. 서너 시간 간격으로 드나들며 한 병씩 사 가면서 중간중간 찬 바람을 쐬니, 마냥 한자리에 앉아서 마실 때보다 알코올 해독 능력만 높아지는 것 같다.

가끔씩 과자나 삼각 김밥을 사서 요기를 하면서 안주 삼아 먹는 듯하는 이 총각이 어느 날은 도시락을 골라 왔다. 어쩐 일로 도시락을 고르나 싶었는데 아뿔싸! 유통 기한을 30분 넘긴 도시락이다. 가끔 유통 기한이 지난 도시락을 일부러 골라 와서 그냥 달라는 손님들이 있는데, 이 총각은 그런 사소한 일에 머리를 쓸 사람으로 보이지 않는다. 그냥 그날 그 도시락이 먹고 싶었던 것이다.

유통 기한 지난 것을 팔아서 문제가 될 때가 있지만 도시락이나 샌드위치, 삼각 김밥은 그런 걱정을 할 필요가 없다. 유통 기한이 1초라도 지나면 바코드가 찍히지 않기 때문이다. 유통 기한이 지났으니 당연히 모니터에서 판매가 안 된다는 멘트가 나왔다. 도시락을 먹을 생각에서인지 미소 짓는 얼굴로 꾸깃꾸깃한 돈을 내미는 총각에게 판매할 수 없다며 다른 도시락을 고르라고 했다. 술 말고는 다른 음식에 관심을 보이지 않던 총각이다 보니 그날 눈에 들어온 그 도시락이 아니면 싫은 모양이었다. 자기는 시간이 지났어도 상관없으니 그냥 팔라면서 계속 현금을 내밀었다.

매일 술로 세월을 보내는 것이 한심해서 가게에 들어오면 인사도 제대로 안 했던 총각인데, 이깟 도시락에 집착(?)하는 걸 보니 안된 마음이 들었다. 판매는 안 되지만 그냥 주겠다고 했더니 술을 마셔 이미 붉어진 얼굴이 더 빨개진다. 말은 고맙지만 미안해서 공짜로 받을 수 없단다. 반값이라도 받으라고 한사코 돈을 내미는 총각 얼굴을, 가게에 드나든 지 1년 만에 자세히 봤다. 폐기 도시락이지만 공짜로 받는 건 폐를 끼치는 것 같아서 한없이 미안한 얼굴이다. 꼬깃꼬깃 접힌 지폐를 내미는 손을 뿌리치며, 술을 마시더라도 오늘처럼 안주라도 챙기면서 마시라고 했다. 그러겠다고 하면서도 공짜로 주면 손해 봐서 어쩌느냐고 계속 걱정을 한다. 심성 착한 총각이다. 착한 만큼 어디 가서 생산적인 일을 좀 해보라고, 부모 속 썩이고 살면 후회한다고 하마터면 잔소리할 뻔했다.

한번은 총각과 어머니를 주차장에서 만난 적 있다. 그 어머니도 가끔 우리 가게를 드나드는 손님이었는데, 둘이 모자지간이란 것을 그날 처음 알았다. 오퍼상을 하는 활달한 어머니는 사업 때문에 사업용 오피스텔을 몇 군데 두고 있는 모양이다. 사무실이 이사 나간 빈 오피스텔에 아들이 들어와 살고 있던 것이다.

후줄근한 냄새 나는 트레이닝복 차림의 술꾼 총각에게는 능력 있는 어머니가 있었다. 처음에는 취업을 하려고 했겠지, 어쩌면 했다가 못 견디고 뛰쳐나와 어머니 일을 거들며 지내기도 했을지 모른다. 연애를 해서 가족을 만들고 그 가족을 위해 무슨 일이라도 해야 하는 책임감이라도 있었다면 이 총각이 지금과는 좀 달라졌을까. 잠자리가 해결되고, 부족하나마 좋아하는 술을 매일 마시며 살 수 있기에 굳이 나가서 고생하고 싶지 않았던 것일까….

이 총각의 하루를 거의 매일 지켜본 바로는 양질의 일자리 부족으로 경쟁에서 소외되고, 비정규직을 전전하며 미래에 대한 희망을 찾을 수 없다는 '3포 세대'의 일원이라는 생각이 들지 않는다. 불안정한 일자리와 사회 복지 시스템의 부재로 인

216

해 연애, 결혼, 출산을 포기할 수밖에 없는 3포 세대가 아니라 내 눈에는 '유사 이래 가장 부자 부모 세대를 둔' 자발적 3포로 보였다. 물론 나의 섣부른 추측일 수도 있지만 말이다.

그렇게 2년을 드나들던 술꾼 총각은 공짜로 살던 엄마 집이 팔려서 인천으로 이사를 갔다. 인천 집도 엄마 집이라고 하니 거기 가서도 지금과 비슷한 생활을 할 것이다. 2년을 드나들면서 정을 쌓았던지 이사를 가면서 우리 가게 근무자 모두에게 인사를 하고 갔다. 한 병씩 사다 마시고 다 마시면 또 사러 나오고를 하루 종일 반복하다 보니 편의점 모든 시간대의 근무자를 다 안다. 총각을 아는 모든 근무자가 작별 인사를 했다는데, 하나같이 새로 가는 곳에서는 지금과 다른 생활을 하길 빌었다고 했다.

한심하려면 못되기라도 해야 욕이나 해줄 텐데, 심성은 착한 백수 총각 때문에 우리 가게 근무자들은 무거운 마음으로 한동안 안타까워했다.

오지랖 근무자들

:

가게 맞은편 동에서는 우리 가게 입구가 잘 보인다. 마지막 잎새가 떨어지면 자신의 삶도 끝날 것이라고 믿었던 소설의 주인공이면 모를까, 보통 사람들이 하루 종일 자기 방 창문 밖을 내려다보고 있지는 않을 것이다. 그런데 특이하게 우리 가게 맞은편 동에는 하루 종일 우리 가게를 내려다보며 가게에 드나드는 사람들을 체크하는 사람이 있다.

젊었을 때 외국 유학을 다녀왔다는 60대 초반의 아줌마는 애연가다. 젊었을 때 미모로 한가락 했을 것 같은 아줌마가 담배를 살 때 독특하게 발음을 해서 이 사장이 물어봤다고 한다. 어디 말투냐고. 독일어권 나라에서 오래 유학을 해서 그런 발음이 나온다고 했다. 1970년대 후반이나 늦어도 80년대 초에 외국 유학을 한 아줌마를 그 뒤로 우리는 '신여성 아줌마'라고 부른다. 맞은편 동 8층에 사는데, 이분이 창가에서 우리 가게를 드나드는 사람들을 구경하며 시간을 보내는 사람이다.

신여성 아줌마는 내가 있는 시간에는 거의 오지 않는다. 내가 어떤 점에서 아줌마에게 부담을 줬던 모양인지 8층에서 내려다보다가 내가 없을 때 가게에 나타난다. 나를 피하는 모양이라고 야간 근무자인 조 여사가 말해 줬다. 초저녁에 근무하는 내가 조 여사에게 인수인계를 하고 가면 내려다보고 있다가 득달같이 내려온다고 한다.

하루에 두 번 도시락이나 샌드위치, 삼각 김밥이 폐기되는 시간이 있다. 부지런한 매장은 미리 빼겠지만 우리 가게는 대부분 손님이 골라 와서 유통 시간이 지났다는 메시지가 나오면 그때 폐기하거나 골라 온 사람에게 값을 받지 않고 그냥 줘버린다. 근무자인 조 여사보다 도시락이나 김밥의 유통 기한을 더 잘 아는 신여성 아줌마는 어떤 때는 물건을 고르고도 계산을 하지 않고 매장에서 시간을 보낸다고 한다. 그러다가 포스에서 유통 기한이 지나서 팔 수 없다는 기계음이 나오면 그

219

때 그냥 달라고 한단다. 사람 좋은 조 여사가 그럴 사람이 아닌데 요즘은 매번 그러는 게 약이 올라서 안 주려다 둘이 실랑이를 하기도 한다는 것이다.

우리 가게 최우수 고객이자 신여성 아줌마와 연령대가 비슷한 멋쟁이 아저씨가 있다. 언제부턴가 신여성 아줌마는 그 아저씨가 드나드는 시간이면 어김없이 나타난다. 그러다가 어느 날 멋쟁이 아저씨가 조 여사와 친근하게 대화를 나누는 걸 지켜봤던 모양이다. 매대를 돌아다니며 시간을 끌다가 아저씨가 나가고 나자 조 여사에게 둘이 사귀느냐고 물었다는 것이다. 뜬금없는 얘기에 뭔 소리냐 물었더니 "왜, 둘이 대화하는 거 보니까 보통 사이가 아닌 거 같은데, 아냐?" 하더란다.

가게에서 잠깐 인사나 나눈 것을 보고 뭔 소리냐 했더니 "어머, 왜? 아냐? 그럼 둘이 사귈 생각 없어?" 하면서 재차 묻다가 아니라고 하니 "그래? 둘이 사귀는 거 정말 아니지? 그럼 내가 사귀어도 돼?" 하기에 웃고 말았다고 한다.

그 말이 농담이 아니었는지, 다음 날부터 창문을 내려다보고 있다가 아저씨가 가게에 오면 밤늦은 시간에도 곱게 화장을 하고 온다고 한다. 멋쟁이에다 사람까지 좋은 아저씨가 커피를 내리고 있을 때 아줌마가 용기를 냈던 모양이다. 카운터 옆에 있는 기계에서 커피를 내리는 아저씨에게 다가가 인사를 한 아줌마는 커피 한 잔을 사달라고 했다고 한다. 아무 생각 없이 자신이 마시려고 내린 커피를 내주는 친절을 베풀었다는 아저씨. 친절하기까지 하니 신여성 아줌마는 이 사람이다 싶었던 것이다. 어디 사는지 아느냐, 무슨 일을 하는 사람이냐 조 여사에게 묻다가 안 되겠던지 기다리고 있다가 직접 대화를 시도했다고 한다.

두 사람 사이에 무슨 일이 오갔는지는 아무리 호기심이 많은 우리들도 대놓고 물어볼 수 없으니 잘 모른다. 그 일 이후 가게에 드나들 때 주변을 두리번거리며 들어서던 아저씨가 어느 날부터 발길이 뜸해진 걸로 봐서는 신여성 아줌마의 시도는 실패한 모양이다. 그 때문에 우리는 우수 고객인 멋쟁이 아저씨 손님을 잃었다.

신여성 아줌마는 실패한 연애 시도에도 불구하고 여전히 가게를 드나들며 조 여사에게 이런저런 신세 한탄을 한다. 그

221

중 옆집에 혼자 사는 노인네가 자기가 움직이는 소리만 나면 벽을 치고 난리라는 얘기는 정말 문제가 있어 보였다. 정 많은 조 여사는 새벽마다 커피를 마시러 오는 단골 경비 아저씨에게 아줌마 얘기를 전해 주며 잘 살펴봐야 하는 것이 아니냐고 했다는데 돌아온 대답이 놀라웠다. 아줌마네 양 옆집은 빈집이라는 것이다. 매번 아줌마가 경비실이나 관리실에도 인터폰을 한다는데, 빈집이라고 아무리 설명을 해도 듣지 않는다고 한다. 신여성 아줌마를 약간 귀찮아하던 우리는 그 얘기를 듣고 난 후부턴 아픈 것 아니냐면서 아줌마의 투덜거림을 잠자코 들어준다.

신여성 아줌마에 대한 얘기를 이 사장한테 설명했다가 오지랖이라고 욕만 잔뜩 먹었다. 이 사장은 하루도 빠지지 않고 오는 아줌마를 우리 가게 최우수 고객으로 대접한다. 조 여사가 근무할 때는 밤에 주로 오던 아줌마가 요즘은 이 사장이 근무하는 시간에 주로 온다. 이 사장은 폐기되는 바나나나 도시락을 잘 챙겨 준다. 그래서인지 둘은 아주 친해 보인다.

이 사장이 바코드를 찍어서 물건을 툭 던지니까 "아, 왜 물건을 던지고 그래?" 한다.

"내가 언제 던졌다고 그래?" 이 사장이 그러면 "흥, 내가 여기 다시 오나 봐라." 하고, 이 사장이 다시 "그래, 그래." 이러면서 반말로 투덕거리는 걸 내가 목격했기 때문이다. 이 사장이 여자한테 반말하는 것을 처음 봤는데 보통 친하지 않으면 그럴 수가 없다.

둘이 투덕거리는 모습을 보고 내가 이 사장한테 "둘이 아주 친하네!" 했더니 어이없어하며 말한다. 나나 조 여사는 매출은 안 보고 잡다한 신변잡기에만 더 관심 있다나. 장사보다는 잿밥 구경이 우선인 불량한 근무자들이라는 것이다. 냉혈한 장사꾼 이 사장한테는 신여성 아줌마가 꼬박꼬박 매출을 올려주는 착한 손님이라서 친하다는 말이다.

뭐가 됐든 자신의 얘기를 들어주는 사람들이 있고, 우수 고객 대접을 해주며 투덕거리는 사장이 있는 가게가 창문 바로 앞에 있으니 신여성 아줌마가 그렇게 불행한 것만은 아니라고 우리끼리 결론을 짓는다.

내 눈에 추리 소설

∷

매일 50리터짜리 쓰레기봉투를 사 가는 남자가 있다. 우울하게 생긴 남자로 50리터짜리 쓰레기봉투를 며칠째 하루에 한 장씩 사 간다. 가정집에서 50리터씩 매일 나오는 쓰레기가 뭘까 생각하다 소름이 돋는다. 이번 장르는 스릴러인가!

동네 소문을 실어 나르는 T아저씨 때문에 한동안 나도 추리 오지랖을 벌였다.

T아저씨는 미국에서 고등학교까지 마치고 군대 때문에 귀국했다가 눌러앉았다고 한다. 그러다 보니 쉰 살이 다 된 나이에도 친구가 없다고 가게에 와서 하소연을 한다. 그런데 스무 살 때 와서 30년을 살았는데 왜 친구가 없는지 아저씨를 자세히, 아니 살짝만 지켜봐도 답이 나온다. 신기한 것은 친구가

없다면서 어디서 듣는지 온 동네 소문이란 소문은 다 실어 나른다.

담배를 사러 와서 평소처럼 수다를 떨던 어느 밤의 일이다. 볼터치를 진하게 한, 예쁜 단골손님이 들어오자 카운터 옆으로 물러서며 내게 눈짓을 한다. 무슨 할 얘기가 있나 싶어 기다렸더니 여자 손님이 나가자 얘기를 시작한다.

우리 오피스텔에 성매매 여성들이 산다는 것이다. 보도방을 차린 사람으로 추정되는 남자가 우리 동 2층에 살고, 방금 나간 그 손님이 다섯 명의 성매매 여성 중 하나로 지목된 여성이라는 것이다. 잠복근무 중인 형사들이 집중 감시를 하고 있다고 한다.

그런 중요한 얘길 어떻게 아느냐고 물어봤더니 잠복근무 중인 형사가 자기한테 협조해 주는 관리실에 얘기하고, 그 얘길 관리단장 부인이 듣고 말해 줬단다. (이놈의 동네는 참 비밀이 없다!)

형사가 그 여성을 성매매 여성으로 지목한 이유는 옆집에서 신고를 했기 때문이라고 한다. 형사들이 주시하고 있을 때, 여자가 우리 가게에서 콘돔 다섯 개를 사 가는 걸 보고 문제의

여성이라고 확신을 했다고 한다. (우리도 누가 뭘 사 가는지 잘 모르는데 형사는 어떻게 손님이 뭘 사는지 아는지…. 사실 확인을 위해서 우리 가게 판매 실적을 찾아봤지만 콘돔을 한꺼번에 5개를 판 기록은 없었다.) 형사가 민원이 들어왔다며 집을 덮쳤지만 딱히 문제될 만한 것을 찾지 못했다고 한다. 그러나 아직 예의 주시하고 있다면서….

나중에 밝혀졌는데 형사들이 들이닥쳤다는 집이 정말 있었는지는 모르겠지만 T아저씨가 눈짓으로 알려준 그 여자 손님은 막 결혼한 신혼이었다.

T아저씨 얘길 듣고 난 뒤부터 나는 보도방 남자와 다섯 명의 여성과 잠복근무 중인 형사가 누굴까 매일 추리를 하게 된다.

밤늦은 시간에 파카를 껴입고 양말을 신은 채 슬리퍼를 신은 꾀죄죄한 몰골로 와서 빵과 우유를 사 간 남자가 있었다. 차 안에서 빵과 우유를 먹고 다시 와서 물 티슈를 사 가기에, 이 사람이 잠복근무하는 입 싼 형사구나 확신을 했다. 그런데 어느 날 여자 친구와 나타나서 적립 할인을 따지는 걸 보니 아닌가 싶기도 하다.

초저녁에 나타나서 담배 한 갑을 사면서 늘 5만 원권을 내는 남자가 있다. (매번 잔돈을 거슬러 줘야 해서 잘 기억한다.) 늘 시베리아에서나 입을 법한 양털 코트를 입고 나타나는데 일반 직장에서 입기에는 평범하지 않은 복장이라 용의선상에 둔다. 언제나 가게 앞에서 통화를 길게 하다가 어딘가로 외출 했다가 돌아온다. 야간 근무자 말로는 새벽 3시쯤에 꼭 다시 온다고 한다. 2층에 사는 보도방 남자로 내가 찍은 인물이다. 시베리아 양털 코트와 일본 순사들이 썼던 모자, 5만 원권 지 폐만 두둑한 파우치와 특이한 활동 시간이 판단 근거다.

오후쯤에 수면 바지에 코트를 대충 걸치고 오는 여자 손님 은 담배를 종류별로 잔뜩 산다. 본인이 피우지 않는지 담배 이 름을 기억하기보다는 그림을 보며 어설프게 주문한다. 누구 심부름을 하는 것 같다. 나는 그것만으로도 그 여성이 일당일 것이라 추측한다.

가뜩이나 추리하느라 바쁜 와중에 외모가 범상치 않은 인 물이 대거 등장했다. 뭔 일인가 싶었는데 나중에 보니 종편 드 라마를 여기서 촬영한다는 것이다. 갑자기 나타난 잘생긴 남 녀도 용의선상에 넣으려고 했는데, 배우들이라니! 갑자기 탐 정 놀이에 흥미가 떨어졌다.

T아저씨 말이 다 사실이라고 가정하고 추리한다면 여기까지 밝혀진 사실은 두 가지뿐이다. 볼터치를 진하게 한 예쁜 새색시는 신혼으로 성생활이 왕성하다는 것과 잠복근무한다는 형사가 입이 싸다는 것. 하나 덧붙인다면 오지랖으로는 T아저씨나 나나 막상막하라는 것!

사랑이 꽃피는 편의점

:

저녁 무렵에 편의점에 있다 보면 자주 드나드는 주민들 신상에 어떤 변화가 있는지 얼추 알게 되기도 한다. 각자 따로 드나들던 남녀가 어느 날부터 함께 와서 물건을 고르다 손을 잡고 나가는 것을 목격한다. 그들의 소비 패턴 변화를 지켜보면서 나는 두 남녀의 애정 깊이를 가늠해 본다.

썸 타는 시기에는 묻지도 따지지도 않는 과한 소비를 한다. 안주가 별로 필요하지도 않을 것 같은 맥주를 고르면서도 이거저거 막 산다. 사랑하니 다 사주고 싶은 것이다. 그러다 그들이 어느 날부터 알뜰하게 소비를 하기 시작하면 '아, 이제 저들이 안정적인 연애로 접어들었구나!' 생각한다. 연애하는 이들에게는 어딘들 꽃피는 장소가 아닐까마는, 혼자 살던 남녀가 짝을 이루는 과정을 매일 온전히 지켜본 나는 우리 편의점을 '사랑이 꽃피는 편의점'이라 부른다.

따로따로 와서 할인이나 증정품 따위 신경 안 쓰고 사던 중년 남자와 여자가 최근 같이 와서 물건을 사기 시작했다.

묻지도 따지지도 않고 집어 들던 술이나 안주는 이제 잘 고르지 않고, 주로 아이스크림이나 목캔디 등을 산다. 아이스크림은 꼭 2+1 제품을 고르고 목캔디도 천 원짜리 휴대용이 비싸다며 큰 통에 든 걸 산다. 심지어 계산할 때 서로서로 적립, 할인 적용 여부도 꼭 확인해 준다.

흥청망청하던 습관도 고쳐주는 사랑이라는 묘약. 아, 그래서 혼자보다는 짝이 있으면 좋다는 거구나.

5

:

내 이웃의 안녕

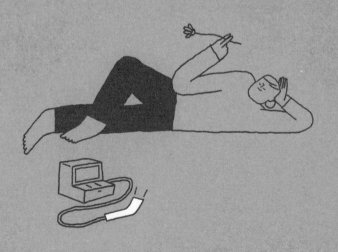

그렇게 박사가 되다

:

처음 중국에 가서 아이를 유치원에 보내기 위해 상담을 받으러 갔을 때였다. 남편은 아이에게 중국어를 배울 환경을 마련해 주길 원했지만 나는 언제든지 돌아오기 위해서 한국 유치원을 찾아갔다. 조선족중학교 한쪽을 빌려서 쓰는 한국 유치원이었다. 열악한 환경이다 보니 상담실이 따로 없었다. 소란한 교무실 한편에서 선생님과 일상적인 면담을 할 때였다. 아이 신상에 대한 것을 묻고 난 후 선생님은 지나가는 말처럼 중국에 어떻게 오게 됐느냐고 물었다. 일상에서 벗어나 잠시 머리를 식히면서 1년 정도 머물 예정이고, 애가 한국으로 돌아갔을 때 교육 공백이 느껴지지 않게 한국 교육을 시키고 싶다고 얘기했다. 그러자 선생님 목소리가 갑자기 커졌다. "엄마와 애 둘이 설렁설렁 와서 성공한 사례를 본 적이 없다."는 것이다.

그런 대접은 뜻밖이었다. 예의가 없기도 했지만 가뜩이나 성공, 성공 외쳐대는 한국을 떠나서 편하게 살고 싶었는데 의외의 장소에서 들은 '성공' 설교 때문에 나는 더 얘기할 것 없이 학교를 나와버렸다.

엄마의 '욱' 하는 성질 덕분에 아들은 한국인이 한 명도 안 사는 동네에 외국인 원생은 한 번도 받아보지 않았던 유치원의 첫 외국인 입학생이 되었다. 그래도 중국어 환경에 노출된 채 동네 사람들의 따스한 보살핌으로 유쾌하고 즐겁게 지낼 수 있었다. 어쩌다 보니 남편이 원하던 바대로 된 것이다.

엄마인 내가 중국어를 모르니 사는 게 여간 불편한 것이 아니었다. 나는 할 수 없이 중국어를 가르치는 학원을 찾아가 등록을 했다. 단기 속성으로 회화를 가르치는 두 달짜리 과정이었다. 다섯 명의 한국인 수강생과 공부를 하게 됐다.

몇 달 만에 만난 한국 사람들이 반가웠다. 말이 통하는 사람들이어서 스스럼없이 지내고 있다고 생각했다. 그러나 어느 날 같이 공부하는 어떤 남자와 얘기를 하면서 사람들은 다 자기 기준으로 남을 평가하고 그렇게 해서 생긴 기준대로 행동한다는 것을 깨달았다.

수업이 끝나 버스를 타러 가는 나를 따라온 남자가 다짜고짜 내게 중국에 온 이유가 뭐냐고 물었다. 한국 학교 교무실에서 상담했을 때처럼 "잠시 머리를 식히러 왔다."는 취지로 대답을 했다. 사실이었으니까. 그런데 남자는 그러지 말고 솔직하게 말하라고 했다. 이혼을 하지 않으면 젊은 여자가 애와 단둘이 한인 타운도 아닌 열악한 중국 동네에 혼자 살러 올 이유가 없다는 것이다. 이혼이 흠은 아니지만 아니라는데 굳이 확인하고 싶어 하는 것은 자기가 갖고 있는 이혼에 대한 편견 때문이고, 자기가 믿는 대로라면 나는 혼자 사는 여자이므로 쉽게 접근할 수 있는 사람이라고 생각한 것 같았다. 아주 무례한 남자였다.

　　그 뒤로 만나는 한국 사람들이 대부분 그런 생각을 갖고 있었다. 휴가 때 시부모님이 와서 몇 달간 머물다 가시면 가깝게 지내던 사람들 사이에 말이 돌았다. "이혼은 했는데 애가 시댁 독자라 시부모님과는 자주 왕래를 한다더라." 남편이 연휴를 틈타 다녀가면 "애 때문에 아직 남편하고 호적 정리는 안 된 모양이라더라." 누가 "이혼녀가 돈이 어디서 나서 8년간 대학에 적을 두고 공부를 계속하느냐?"라고 궁금해하면 또 자기들끼리 해답이 나왔다. "아들을 낳아서 이혼하면서 위자료를 넉넉히 챙겼다더라." 친구들과 식당에서 술을 마시며 살 수 있는 것은 다 "위자료로 받은 강남 빌딩이 있어서라더라." (세상에! 이혼녀를 만들려고 강남 빌딩 주인을 만들다니, 이것은 내가 바라는 바 아닌가.)

금방 돌아오려던 중국에서 그렇게 오래 버틴 이유 중에 하나는 쉽게 떠나고 나면 그 뒤로 나와 아들에게 어떤 소문이 쏟아질까 두려워서였는지도 모른다. 끝까지 남아서 나를 증명하고 싶었다. 인생의 중요한 결정은 쉽게 해도 오기로 버티기 하나는 잘하는 나였으니까!

금방 돌아오겠다는 내 계획은 그렇게 해서 틀어졌다. 금방 돌아온다고 해도, 있는 동안에는 뭐라도 하고 있어야 했다. 만만한 게 공부였다. 죽어라고 공부했다. 반년 만에 중국어 자격시험에 합격했다. (그 자격시험은 우리나라 대학 중문과 졸업 논문 대신 제출하는 것이라고 한다.)

내가 다니던 학원은 어른들 상대로 단기 속성 회화반이나 운영하던 곳이었는데 나의 시험 이후 광고를 하기 시작했다.

‘중국어를 한 마디도 못 하는 30대 아줌마를 반년 만에 대학원 입학 자격을 통과할 정도의 수준으로 끌어올렸다.’고 말이다.

단기 속성으로 중국어를 배우러 그 학원을 드나드는 한국인들 사이에서 한동안 나는 전설로 불렸다. 어쩌다 그 학원 출신이라는 사람을 만나서 학원 얘기를 하다 보면 깜짝 놀라는 경우를 몇 번 봤다. 전설로만 듣던 그 ‘피아오구이위’(내 이름을 중국어로 읽은 것이다.)를 직접 만나게 되다니 정말 신기하다는 것이다. 허풍 심하다는 옌볜延邊 개그가 아니다. 사실이다. 그렇게 시작한 석사 과정을 중국 학생과 똑같이 시작해서 똑같이 마쳤다. 필기시험 한 번 거른 적 없이 통과했다.

한인이 많이 사는 동네에 살던 내 친구가 동네에서 산책을 하는데 앞서서 걷던 한국 아줌마들이 하는 얘기를 들었단다. “그 선생님 알지? 랴오닝遼寧대학에서 박사 한다는? 글쎄 그 선생님은 집에서도 늘 사전을 끼고 산대. 사람이 그렇게 공부만 하면 지칠 만도 한데, 그 선생님은 그런 게 없나 봐.”

전설로 불리고 난 뒤부터는 거친 동네에서의 삶도 조금 만만해졌다. 뒤에서는 이혼녀라 쑥덕거릴지 몰라도 내가 한인타운 술집에서 매일 맥주를 박스째 쌓아놓고 술을 마셔도 쉽게 볼 여자는 아니라고, 뭔가 뜻이 있어서 온 여자라고 믿는 것 같았다. 거친 동네에서 쉽지 않은 여자로 살아남기에 공부만큼 쉬운(?) 게 없었다. 그 때문에 한동안 공부와 담을 쌓았던 내가 박사까지 된 것이다.

선양沈阳의 '동네슈퍼'

:

지금은 고층 건물이 많이 들어서서 달라졌지만, 이전에 중국 선양沈阳에는 선양티브이타워沈阳电视塔가 랜드 마크였다. 100미터가 넘는 탑 한 면에 선양의 대표 맥주인 설화맥주雪花啤酒의 이름이 적혀 있다. 매년 전 세계에서 가장 많이 팔린 맥주로 이름을 올리는 이 술을, 중국에 살 때는 물보다 많이 마셨던 것 같다.

좀 싱거운 맛의 설화맥주를 나와 술친구 정 박사는 늘 집에서 주문해서 마셨다. 마시기 시작할 때 미리 아파트 안에 있는 가게에서 스무 병짜리 한 박스를 배달 받았다. 동네 주민인 친구와 집에서 마시다 보니 누가 방해하는 사람도 없어서 시간 가는 줄 모르고 늦게까지 마셨다. 그러다 보니 한 박스로는 늘 부족했다. 술이 떨어져갈 때쯤 1층 가게에 한 박스를 더 보내달라고 전화를 하면 바로 가져왔다. 배달 문화가 보편적이지 않았던 당시에 전화 배달이 가능한 아주 선진적인 가게였다. 덕분에 치운다고 치워도 식탁 옆에는 늘 공병이 꽉 찬 설화맥주 박스가 서너 개씩 술집처럼 쌓여 있었다.

　　싱거운 맛 때문에 편하게 마실 수 있어서 전 세계에서 제일 많이 팔린다는데, 그 숫자에 우리도 일조를 할 수 있었던 것은 우리 아파트에 '동네슈퍼'가 있었기 때문이다. 중국 아파트에서 한글로 '동네슈퍼'라는 이름을 붙인 이 가게는 조선족 아저씨가 사장님이었다. 한국말을 어눌하게 배워서 반말만 하고 무뚝뚝해 보였지만 그래도 우리말이 통해서 좋았다. 사장님은 중국말 한 마디도 못 하는 남편이 놀러 왔을 때, 혼자 가서 1원 70전짜리 맥주를 사 마시고 공병을 1원에 되팔아서 그 돈으로 맥주를 다시 사 마시는 법을 가르쳐준 사람이다. 어린 우리 아들이 혼자 가서 간식을 고르려고 하면 당시 중국 아이들에게 유행하는 아이스크림이나 과자가 무엇인지 알려주곤 했다. 무엇보다 우리 모자에게 필요한 생필품이 있을 때 사장님한테 물어보면 언제나 무뚝뚝한 말투로 어디로 가면 구할 수 있는

지 알려주곤 했다.

중국에 처음 갔을 때 딱 세 달 동안 집안일을 도와주는 분을 고용했다. 중국말을 한 마디도 못 하는 우리 모자가 그곳에서 생활하려면 무엇보다 두 개 언어를 할 줄 아는 분을 만나야 했다. 조선족 거리 인력 시장에 가면 목에 자신이 잘하는 일을 적은 명패를 걸고 일자리를 찾고 있는 사람들을 만날 수 있었다. 청소에서 통역까지 할 수 있다는 조선족 아주머니를 만나서 그 자리에서 월급 협상을 하고 집에 모셔 왔다. 입주 도우미였다.

도우미 일을 한 번도 해본 적 없다는 아주머니는 아들이 유치원에 간 뒤 손바닥만 한 집을 치우고 나면 할 일이 없었다. 나머지 시간에는 내 방 소파에 앉아서 하루 종일 한국 TV를 봤다. 한국 위성이 있는 우리 집에 오셔서 한국 드라마에 맛을 들였기 때문이다. 나는 아주머니와 한방에서 TV를 보고 있기 불편해서 외출을 했다. 걷거나 버스를 타고 선양 시내 곳곳을 돌아다니다 애 유치원 끝나는 시간에 맞춰 돌아와야 했다.

세 달 있는 동안 아주머니는 두 번 휴가를 내달라고 해서 보름씩 집을 비웠다. 두 번째 휴가를 가서는 돌아오지 않았다. 다른 사람을 찾아야 하는 것 아니냐고 한국에 있는 남편이 걱정을 했지만 입주 도우미와 생활해 본 나는 불편해서 다시 누구와 같이 살고 싶지 않았다.

처음 아주머니가 휴가를 떠나기 전에 걱정이 된 나는 전기나 전화 요금, 수도 요금 내는 방법 등을 따라다니면서 배웠다. 한 달에 한 번 정도 하면 되는 일이라 어렵지 않았다. 문제는 매일매일 장을 보는 일이었다. 다섯 개 나라 영사관이 모여 있는 블록 맞은편에 우리 집이 있었다. 5개국 영사관이 모여 있는 국제적인 거리 맞은편 골목이 새벽이 되면 아침 시장으로 변했다. 갖가지 과일과 달걀, 심지어 닭고기, 돼지고기도 가판에 놓고 팔았다. 물건이 싱싱하고 좋았다. 원하는 만큼만 봉지에 담아서 무게를 재면 살 수 있었다. 문제는 내가 중국의 다양한 화폐를 다 익히지 못해서 값을 지불하려면 굼뜨다는 것이었다. 복잡한 새벽시장에서 손바닥에 돈을 펼쳐놓고 상인들이 알아서 가져가라고 하니, 동네에 바보 여자가 나타났다고 소문이 났을 법도 한데 사람들은 친절했다.

그렇게 우리 모자끼리 사는 생활이 시작됐다. 몇 마디 말을 배우자 뭐든 다 할 수 있을 것 같았다. 그러나 집 안에 잡다한 것들, 수도꼭지나 형광등 같은 것이 고장이 나기라도 하면 문제가 생겼다. 사전을 찾아서 이름을 외우고 어렵게 동네 사람들이나 상인들한테 물어보기는 해도 알려주는 장소를 어떻게 찾아가고 어떻고 고치나 하는 문제는 정말 스트레스였다. 기껏 찾아가서 외운 이름을 말해도 상대가 잘 알아듣지 못할 때도 많았다.

그렇게 생활하다가 말이 통하는 동네슈퍼가 있는 단지로 이사를 가니 신세계가 따로 없었다. 처음부터 통역해 주고 가사일 하는 사람을 구해서 오는 주재원들이나 초기 정착비를 많이 가져와서 호텔 스위트룸에서 생활을 시작했다는 사람들은 동네슈퍼 하나 때문에 신세계를 경험한다는 내 얘기가 이해가 안 될 수도 있다. 겪어본 사람만이 아는 법이다.

지금 우리 편의점이 있는 오피스텔 단지에는 외국인이 다른 곳에 비해 많은 편이다. 근처에 외국인 학교가 있기도 하고, 외국인 노동자들을 고용한 업체가 가까이에 있어서 매년 새로운 인물들이 나타났다 떠난다. 단골손님이 된 외국인들은 새로운 사람이 오면 우리 가게에 함께 와서 쓰레기봉투나 가게에서 취급하는 생필품들을 소개해 주곤 한다.

말은 안 통하지만 나는 다른 나라에 처음 와서 걱정되고 두려운 그들의 마음을 이해한다. 말 그대로 겪어봐서 아는 것이다. 번역 앱을 깔고, 가끔은 원하는 것을 검색해 주기도 하고, 고장 난 물건은 어디 가서 AS를 받아야 하는지 알려주고, 한글 메모까지 해서 택시를 불러주기도 한다. 선양에서 나를 도와줬던 새벽시장 상인들이나 집주인 부부, 동네슈퍼 사장님 역할을 내가 할 수 있어서 다행이다.

내가 선양의 동네슈퍼 주인한테 느낀 안도감을 우리 가게에 드나드는 외국인들도 느낄 수 있다면 좋겠다. 외출했다 돌아올 때 불이 켜진 1층 가게에 나를 도와줄 사람이 있다는 그런 안도감 말이다.

노인을 위한 나라는 없다

:

학대하는 부모를 피해 편의점으로 달아난 아이 사건으로 전국 어디에나 있는 편의점을 아동 학대 신고 거점으로 삼아야 한다는 이야기가 있었다. 실행하려면 여러 가지 현실적인 문제를 더 따져봐야겠지만 나는 이 소식을 듣고 참 절묘한 아이디어라고 생각했다. 24시간 운영이 되고, 매장 내에 CCTV가 설치되어 있어서 아이들이 도움을 청하기 최적의 조건이니 말이다. 실제로 편의점은 전국 어디에나 없는 곳이 없고, 동네 사람들이 생활하는 동선 속에 잘 자리 잡고 있는 데다가 자체 신고 시스템이 있어서 위험이 감지되면 인근 경찰서와 가장 빠르게 연결할 수 있는 시설이다. 365일 24시간 자리를 지키는 종사자들과 안면을 익혀두면 도움이 필요할 때 정서적으로도 안정감을 줄 수 있다는 장점이 있다.

우리 가게는 신도시의 오피스텔 단지에 있는데 다른 곳과 구분되는 점이 있다면 노인 비율이 상대적으로 높다는 것. 신도시라고 하지만 뒤로는 산이, 앞으로는 탄천이 흐르고 있어서 사무실 밀집 지역의 여느 오피스텔보다는 주거 환경이 좋은 편이다. 사무실촌으로 인식되기 쉬운 오피스텔임에도 불구하고 노인들의 주거 공간으로 자리 잡게 된 이유가 아닐까 싶다. 근처에 유명 대학 병원이 있는 것도 노인들을 원룸 공간에 맡기는 자식들에게는 큰 위안이 될 듯하다.

원룸이라고는 하나 적지 않은 면적이다 보니 거주하는 노인들은 경제적으로 그다지 어려워 보이지는 않는다. 실상을 알면 좀 다를 수 있겠지만, 활동이라고는 단지 내 산책이나 할 정도로 노쇠한 분들이라 기본 의식주만 해결되면 경제적 여건 때문에 힘들 일은 없을 것 같다. 시에서 비용을 보조해 주는 가사 도우미 아주머니들이 드나들고 간병인을 대동하고 산책을 다니는, 선택받은 부유한 노인들로 보인다. 그러나 사소한 문제에 부딪혔을 때에도 반드시 도움이 필요하다는 것을 생각하면 부유한 노인들이라고 해서 혼자 거주하는 것이 과연 괜찮은가 하는 의문이 든다.

노인들은 외롭다. 평소에도 대화 상대가 그립겠지만, 어려운 일뿐 아니라 사소한 문제라도 생기면 핑계 김에 얘기 나눌 누군가를 찾는다. 늘 문이 열려 있는 우리 가게는 그런 의미에서 노인들에게 친근한 장소가 된다. 그렇게 찾아오는 분들께 사소한 도움이라도 줄 수 있으면 다행이다.

그러나 아동 학대 신고를 도와주는 것과 노인을 돕는 것과는 문제가 다르다. 학대 받는 아동들은 신고를 통해 다급한 위험에서 벗어나게 해줄 수 있지만 노인 문제는 보통 외로움에서 오기 때문에 벗어나게 해줄 수가 없다. 눈을 감기 전까지 노동에서 소외되지 않는 시골 노인들의 말년이 더 행복한 것은 아닌지, 오피스텔 노인들을 보며 건강한 노년에 대한 질문을 다시 하게 된다.

오피스텔의 노인들

:

보행 보조기를 밀고 오는 짧은 머리 할머니는 매일 와서 원두 커피를 내린 뒤 우유를 한 팩 사서 라테로 만들어 마시고 간다. 카투사였던 돌아가신 남편이 신혼 때부터 커피를 타줘서 이제는 안 마시면 잠이 안 온다고 한다. 커피를 마시며 1970년 대에 일본 가서 인덕션 레인지를 처음 본 얘기를 해주셨다. 선 진국 부엌에 놀랐다는 얘기로 시작해서 돌아가신 남편이 얼 마나 자상했는지로 넘어간 화제는 마지막에 아들 자랑으로 끝을 맺는다.

가끔씩 오는 아들은 50대 초반 정도로 보이는데 총각이 다. 할머니가 나를 처음 봤을 때 노처녀인 줄 알고 눈여겨봤다 는 걸 보면 아들에게 마땅한 짝이 없었던 듯하다. 어느 날 아 이스 라테를 한 잔 마신 할머니가 잊어버렸다는 듯이 한마디

하신다.

"우리 아들이 짝이 없는 게 아냐. 유명 호텔에서 통역 일 하는 아가씨랑 좋아하고 지내…"

보조기를 밀고 나가는 할머니의 소원은 아들이 좋은 짝을 만나는 것인가 본데, 어서 그 아들이 어머니 소원을 들어줬으면 싶었다.

우유나 단팥빵을 사러 올 때마다 매번 빠지지 않고 손자가 먹을 거니까 꼭 오늘 들어온 것으로 달라는 할머니가 있다. 그냥 달라고 해도 되는데 꼭 손자 핑계를 댄다. 할머니 연세에 손자라고 해도 내 나이쯤 됐을 듯한데도 마치 기저귀 찬 아기라도 있는 듯 얘기하면서 신선한 것을 찾는다. 의심도 많아서 간병하러 오는 아줌마도 못 믿고 직접 온다.

이 할머니는 가끔 두통약을 사러 오신다. 약을 두 알씩 먹어도 두통이 가라앉지 않는다면서 하루가 멀다 하고 약을 사 간다. 가게에는 타이레놀밖에 없고, 약을 드셔도 계속 아픈 거면 병원을 가보셔야 한다고 얘기를 했는데도 지금 시간에는 병원엘 갈 수 없다면서 약을 달라고 역정을 내신다.

6시간 간격으로 한 알씩 드시라고 하면서 (혼자 사는 걸 눈치는 채고 있었지만) "혹시 밤중에라도 계속 편찮으면 병원에 가세요. 댁에 손자분 있죠?" 했다. 아프니까 솔직해지신 할머니, 정색을 하며 "내가 손자가 어딨어?" 하신다.

머리가 깨질 듯 아프다는 할머니, 상상 속에 같이 사는 손자가 아니라 급하면 전화 받고 언제나 달려올 누군가가 가까이 살고 있었으면 좋았을 텐데… 이 할머니도 어느 날부터 오지 않는다. 더 이상 우유를 사러 다닐 수 없는 상태가 됐을 것이다.

보행기에 S자 고리 두 개를 달고 직접 장을 보러 오는, 이 사장의 말로는 젊었을 때 미인이었을 것 같다는 할머니는 간병인을 두고 혼자 사시는 여유 있는 분이다. 이 할머니 댁의 간병인 아줌마는 어쩌다 심부름을 올 때는 물건을 사고 영수증을 받아 가는데 퇴근 무렵에 꼭 다시 온다. 낮에 받은 영수증을 취소하고 통신사 할인을 해서 결제한 뒤 남은 잔돈을 환불 받아 가는 것이다. 사소한 일이지만 간병인 아줌마의 그런 행동을 보면 "혼자 사는 할머니한테서 챙길 건 야박하게 챙기지 않겠느냐?"며 이 사장이 걱정하는 소리를 한 적이 있다. 그래도 할머니는 생활에 여유가 있어 보인다. 그리고 또래 할머니들보다 평균 이상으로 점잖다는 느낌을 풍긴다.

할머니가 최근 몇 달 동안 이틀에 한 번씩 사 가는 것은 인스턴트 육개장이다. 입맛이 없어서 다른 것은 못 드시는데, 이건 먹어도 물리지 않는단다. 뭐가 됐든 맛있게 드실 수 있는 게 있어서 다행이라 말씀드렸다. 진심이었다.

어느 날부터 할머니가 보이지 않아서 경비 아저씨에게 물어봤더니 쓰러지셔서 요양원으로 갔다고 한다. 오래 근무하신 경비 아저씨 말로는 그렇게 해서 오피스텔을 떠났다가 돌아오는 분을 보지 못했다고 한다. 노인들이 떠난 뒤 나중에 자식들이 와서 빈집을 정리하는 것은 몇 번 봤다고 한다. 이 사장과 내가 제일 좋아했던 할머니를 다시 뵙지는 못할 것이다.

츤데레 이 사장

:

손님이 무슨 물건을 찾으면 불친절한 이 사장은 카운터에 앉은 채 손가락으로만 알려준다. 손님들 대부분은 알려주는 물건을 바로 찾아내지 못한다. 물건을 찾는 손님 등 뒤에서 손가락질과 함께 왼쪽, 오른쪽 알려주는 이 사장의 목소리가 마음 급한 손님의 귀에 제대로 들어올 리가 없기 때문이다. 그러면 이 사장은 큰 목소리로 화를 내듯이 말한다. "손님! 내 손가락이 가리키는 쪽을 보세요!"

옆에서 보면 굉장히 불친절하고 손님이 기분 나쁠 것 같아서 이 사장의 태도에 대해 나는 가끔 잔소리를 한다. 그러면 이 사장은 자기 신경 쓰지 말고 당신이나 잘하란다. 자기는 손님들이랑 대체로 사이좋게 지낸다고.

정말 내 걱정과 달리 그런 이 사장을 은근히 좋아하는 사람들이 있다. 1년에 한두 번 정도 이 사장의 태도를 문제 삼는 사람들이 있기는 하지만, 그런 것으로 손님 응대 점수를 판단한다면 이 사장보다 내가 훨씬 문제가 많은 것이 사실이다. 불친절한 이 사장이 친절한 나보다 사람들에게 어필하는 비법이 뭘까 자세히 살펴봤다. 그 결과… 나한테는 안 그러는 이 인간!! 아오~ 사람들이 말하는 그 '츤데레'가 아닌가!

독립 유공자 연금을 받기 시작한 지 얼마 되지 않아 주변 사람들의 짐이 되기 시작한 꼿꼿하고 낭만적이던 할아버지가 있다. 갑자기 받게 된 연금을 우리한테도 자랑을 했으니 다른 곳에도 그러셨을 것이다. 불필요한 물건들 구입을 부추기다 통하자 투자라는 명목으로 달라붙은 다단계 일당이 아흔을 바라보는 연세에도 활동적이던 할아버지를 신용 불량자로 만드는 데 불과 1년이 걸리지 않았다.

손님들과 개인적인 이야기를 나누지 않는 이 사장은 유독 할아버지와는 대화를 많이 해서 사정을 잘 알았다. 부유하고 여유 있던 할아버지는 근처에 사는 딸에게도 말하지 못하는 은행 연체 처리부터 정체불명의 여자에게 송금을 하거나 물건을 사서 택배를 보내는 일까지 부탁하기 시작했다. 퉁명스럽기만 한 이 사장이 이상하게도 할아버지의 부탁은 다 들어줬다. 그러나 급기야 카드 돌려 막기를 하기도 어려운 상황이 되자 가끔 할아버지 대신 통화를 해드리던 따님에게 연락을 했다. 덕분에 일흔 살이 넘은 따님이 전보다 자주 와서 할아버지를 돌봐드리게 됐지만 그래도 제일 편하고 자주 만날 수 있는 사람은 이 사장이다. 망가지기 시작한 할아버지의 노욕을 탓하며 만나면 귀찮아하는 나와 달리 이 사장은 할아버지를 잘 지켜보고 있다. 외상이 없는 편의점인 우리 가게의 유일한 외상 구매자가 할아버지다.

동네 경비 아저씨들조차도 피하는 신여성 아줌마한테도 이 사장은 만만하면서 듬직한 이웃이다. 나한테는 안 그러는 신여성 아줌마는 이 사장 앞에서는 늘 앓는 소리를 한다. 그러면서 자기가 우리 가게 최대 고객이라며 가끔 큰소리를 치는데 이 사장은 맞다며 맞장구를 친다. 어떤 때는 이 사장이 예의 그 큰목소리로 신여성 아줌마한테 화를 낼 때가 있다. 그러면 남들한테는 큰소리 못 하는 아줌마가 이 사장한테는 같이 투덜거리며 투덕거린다. 옆에서 지켜보면 꼭 '사이 나쁜 늙은 부부' 같기도 하다. 사람들 앞에서 소심한 신여성 아줌마가 이 사장 앞에서는 당당한 것이 이 사장의 고도의 배려이거나, 지능적인 장사 스킬이거나 둘 중에 하나일 것이다.

이 사장한테 도움 받아서 고마웠다며 미국인 킴이 내게 카톡을 보낸 적이 있다. 키우는 삽살개가 목줄을 뀈 채로 달려 나가는 바람에 손을 다친 킴에게 이 사장이 택시를 불러준 모양이다. 전에는 한국 병원에 입원한 아버지 병간호를 하러 온 아부다비 왕자한테 늘 택시를 불러줘서 한국 편의점 고유 업무 중에 손님들에게 콜택시를 불러주는 일도 있는 줄 착각하게 만들기도 했었다. 킴뿐 아니라 제이, 애디 엄마, 윈터 아빠 등의 외국인이 이 사장 팬들인데 그들에게도 역시 이 사장은 츤데레인 모양이다.

투덜쟁이 이 사장과 같이 일을 하다 보면 가끔 얄미운 짓을 해서 한마디 해주고 싶을 때가 있다. 그러다 외로운 신여성 아줌마나 한국 생활이 익숙지 않은 킴, 아부다비 왕자 같은 사람에게 보내는 친절은 차치하고라도 동네 노인들을 대하는 것을 보면 요즘 말로 츤데레 맞는 것 같은데…. 그걸 보며 분출하는 화를 참을 때가 있다. 정말 심성이 착한 것인지, 동네 노인들을

보고 자기의 미래를 보는 심정으로 그러는 것인지는 알 수 없

지만 말이다.

작은 카페와 경쟁하는 대기업 군고구마

:

우리 가게 옆 카페 사장님은 마흔 넘은 예쁘장한 아가씨다. 테이블이 세 개 놓인 작은 카페로 날씨가 좋은 날에는 밖에 두어 개 테이블을 더 내놓는다. 동네 주민들의 사랑방이다. 날이 서늘해질 때부터 카페 한쪽에서 군고구마를 구워 판다. 무릎 담요를 덮고 앉아서 따뜻한 커피에 군고구마를 먹는 모습이 정겹고 좋았다. 퇴근하고 오는 사람들이 저녁 대용으로도 사기 때문에 사무실 사람들이 다 퇴근한 시간까지 사장님은 가게 문을 닫지 않고 남은 고구마를 팔기도 한다.

편의점은 고객의 편리를 위한 상품은 뭐든 판다. 형광등도 있고, 콩나물도 있고, 제철 과일도 있고, 구급약도 있다. 필요한 건 대부분 있다. 매출 돌파구를 마련하기 위한 본사의 영업

전략은 치밀하다. 편의점 매출에 큰 비중을 차지하는 일인 가구 고객을 끌어들이기 위해 세탁 대행 서비스를 권한다. 식상해지는 도시락을 대신할 상품도 꾸준히 나오는데, 치킨 기계는 이미 들여놨고 이제는 군고구마 기계를 들여놓으라고도 한다. 장사가 된다면 해야 하는 건 맞는데 문제는 매일 얼굴을 마주쳐야 할 이웃들과 경쟁을 해야 하는 것이다.

우리 편의점은 바로 옆에 작은 사무실, 카페, 세탁소가 맞붙어 있다. 본사 방침을 따르자니 난감하다. 세탁 대행 서비스는 인근 자영업자와 연계해서 진행하는 사업이라니 굳이 하려면 우리 가게 옆 세탁소와 연계할 수 있게 해달라고 본사 직원에게 부탁했다. 카드 결제도 안 받고 운영하는 옆집 세탁소와는 여러 가지 문제로 연계가 안 된다고 하기에 우리는 세탁 서비스는 안 하겠다고 했다.

그러나 작년부터 미뤄온 군고구마 기계는 막을 수 없게 됐다. 본사에서 제공한 커피 기계는 고가의 유명 제품이다. 고가의 커피 메이커로 내려서 팔지만 가격은 일반 커피점의 3분의 1도 안 된다. 박리다매로 파는 대기업 체인 커피이니 당연히 옆집 커피점 매출에 타격을 줬다. 9년을 동네 사랑방으로 조용히 장사하던 사장님 얼굴이 늘 어두워서 미안했었는데 이번에는 고구마로 또 경쟁을 해야 한다. 카페 사장님이 도시락을 사러 왔기에 쭈뼛거렸더니, 군고구마 시작하느냐고 대뜸 먼저 묻는다. 다른 편의점에서 팔기에 언젠가 여기도 시작할 거라 예상하고 있었단다. 눈을 못 마주쳤다.

군고구마 몇 개를 더 팔겠다고 매일 마주치는 이웃과 경쟁해야 하는 것. 영세상끼리의 싸움이란 게 바로 이런 것이다. 마음이 무겁다.

코로나19 시대의 편의점

:

코로나19 사태로 움츠러든 활동 때문에 답답해진 손님들로부터 하루에도 몇 번씩 정부 정책에 대한 비판과 마스크 물량 부족에 대한 불만 등을 듣고 있어야 했다. 마스크를 판매하는 우리는 이전에는 없던 고객 응대 지침을 숙지해야 할 정도로 코로나19 방역과 밀접한 관계를 맺게 되었다. 어떤 업종은 아예 폐쇄가 되기도 했지만 편의점 영업은 불안하지만 유지해 나갈 수 있었던 것이 우리로서는 그나마 다행이었다.

원두커피를 산 손님에게 컵을 내주면서 엎어놓은 컵의 주둥이 부분을 잡아 건넸다가 조심하라는 소리를 들었다. 평소라면 까칠한 손님이라 생각할 수도 있었겠지만 엄중한 시기에는 이런 조심성 있는 손님이 많아질수록 좋다. 일일 확진자 통계를 보며 안심했다가 불안했다가 감정이 파도를 타는 시기에는 서로 더 조심해야 한다.

야외 테이블과 매장 내 취식이 금지돼서 오는 불편함은 일반 음식점들에 비하면 불평할 수도 없을 정도였지만, 우리 나름대로 매일 고객들과 벌어지는 불편한 일이 없지 않았다.

밤마다 오피스텔 마당에 야외 테이블을 깔아달라는 손님과 그걸 막는 우리들과 실랑이가 벌어지기도 하고, 마스크를 쓰지 않고 들어오는 손님에게 마스크 착용을 권했다가 낯을 붉히기도 하고, 손님이 무심코 한 기침 때문에 온 매장 내 사람들이 긴장하기도 하는 날들이 계속됐다.

코로나19는 사람들의 소비 생활과 문화생활 등 모든 분야의 삶을 이전과 달라지게 만들었다. 사람들 생활에서 떼려야 뗄 수 없는 시설이 된 편의점 업종도 마찬가지이다.

예전에 동네 사람들의 소비 생활을 책임지는 공간이자 동네 사랑방 역할을 했던 점방의 진화한 모습을 잘 나타내주는 것이 편의점이 아닐까 생각한다. 편의점 업계가 그나마 누리고 있는 지금의 호황을 넘어 살아남으려면 주민들의 소비 생활의 변화를 빨리 체크하여 발 빠르게 대응해야 할 것이다. 영업 측면에서만 그런 것이 아니다.

동네 사랑방까지는 아니어도 주민들과 가장 가깝게 있고 가장 쉽게 접할 수 있는 다중 이용 시설로서의 위상을 살려 사회적인 역할을 외면하지 않고 해낼 수 있으면 좋겠다. 단순히 영업 목적을 위해 존재하는 상업 시설에서 나아가 소비자들에게 받은 사랑을 조금이라도 되돌려주는, 말 그대로 '편의' 시설이 됐으면 하는 것이 이 업계 자영업자의 소망이다.

자영업자의 나들이, 그야말로 전쟁 통

:

의사의 권유로 담배를 끊은 지 한 달이 조금 넘는 내 친구 김 사장. 옆에서 지켜보기 괴롭던 그 부인 김 사장이 본격적인 겨울이 시작되기 전에 덕유산에 가자고 난데없이 톡을 보냈다. 자기 부부 둘만 가면 얼마나 심심하겠느냐면서. 만난 지 34년 된 김 사장은 34년 동안 열 마디 이상 말하는 걸 본 적이 없으니 그 아내 김 사장의 마음을 충분히 이해해 냉큼 가겠다고 했다. 며칠 전 내린 비가 나무에 맺혀 얼어버린 숲은 무척 아름다웠고, 내 친구 김 사장은 이번에는 한 열한 마디쯤은 한 것 같다.

자영업자와 약속을 잡으려면 적어도 이틀 전에는 알려줘야 시간 조정을 할 수 있다고 누누이 말해서였는지 딱 이틀 전 밤에 톡을 보낸 아내 김 사장에게 바로 가겠다고 답을 했더니 여행 날 혼자 가게를 지키겠다는 이 사장은 목도리, 모자, 장갑까지 챙겨주며 다녀오란다.

아침 7시에 이 사장을 가게에 내려주고, 주유소에 들러 기름을 넣고, 밤 근무를 마친 알바생 김 군을 집 앞에 내려준 뒤 경기도 안성에 있는 김 사장네 아파트로 갔다. 아파트 주차장에 차를 세워둔 뒤 김 사장 부부 차로 출발했다. 전북 무주에 도착할 무렵 아내 김 사장이 장수에 내려가서 콩 농사를 짓는다는 조 선배 얘기를 하기에 전화를 했다. 조 선배는 노무사 일은 하던 사람인데 지금은 그 일을 그만두고 농사를 짓기에 유유자적한 줄 알았다. 간 김에 만나서 점심이나 같이 할까 해서 전화를 한 것이다. 콩 농사를 짓다가 일주일에 하루는 청주에 노동 상담을 해주러 다닌다는 조 농부는 마침 오늘이 노동 상담을 하러 가는 날이라 버스 안이라며 소곤소곤 대답을 한다. 그러더니 잠시 후 버스에서 내렸다며, 구경이 끝나면 장수로 와서 저녁에 술이나 한잔하자며 반가워하는 것이다.

그러고 싶은 마음이 굴뚝같았지만, 하루 종일 오줌도 못 싸고 기다릴 반려견 여름이와 내가 안 가면 혼자 16시간을 일해야 하는 이 사장을 생각하며 거절했다. 나만 아니면 김 사장 부부는 하루 더 놀다 와도 되는데, 어쩔 수 없이 돌아가야 하니 모처럼의 나들이에 방해가 된 것 같아서 미안했다.

안성 아파트에 도착하여 내 차로 바꿔 타고 집으로 왔다. 집에서 화장실도 못 가고 기다리고 있을 여름이 생각에 엄청 달렸다. 도착하자마자 반가워 거의 울부짖는 여름이에게 목줄을 채워서 우선 가게를 가기로 했다. 여기저기 여름이 털이 날리고 있는 집에 청소기를 돌려놓고 나와서 차를 타려는데 여름이가 안 타겠다고 버틴다. 한참 씨름을 하다 태워서 가게로 왔다.

긴 시간 근무한 이 사장은 여름이를 산책시키며 탄천으로 걸어서 귀가했다. 나는 그때부터 빈자리에 상품을 채우고 커피 기계와 전자레인지, 유리문을 닦고 틈틈이 바닥도 쓸며 장사를 했다. 추워져서 그런지 손님이 별로 없다고 이 사장은 투덜거렸는데, 웬걸! 손님들이 내가 오기만 별렀는지 앉을 사이도 없이 계속 들어왔다. 점점 피곤은 몰려오고.

유제품과 도시락이 도착해서 정리를 하고 시재時在를 점검했다. 하루 들어오고 나간 현금이 맞는지 점검하는 일이다. 그런데 시재가 맞지 않는다. 내가 피곤해서 뭔가 실수를 했나 싶어서 여기저기 뒤지고 다시 점검해도 소용이 없었다. 포기하고 물건 정리를 끝내니 밤 12시 반.

퇴근을 하는데 눈이 감길 듯 졸렸다. 그러나 막상 지상 주차장에 세워둔 추운 차에 앉으니 잠이 달아났다. 집에 먹을 것이 하나도 없다는 게 생각났다. 집에 가는 길에 24시간 마트에 들러 장을 봐서 아파트에 도착했다. 차를 세우고 올라오니 오늘이 재활용 쓰레기 내놓는 날이라는 게 생각났다. 분리수거해서 1층에 내려놓고 간단히 씻고 누우니 새벽 2시다.

늦잠을 자려고 했는데 새벽부터 인터폰이 울려서 깼다. 빨래, 청소, 반찬 만들어 놓기, 여름이 산책까지 시키고 군 훈련소에 있는 아들한테 위문편지 쓰고, 조카가 발표한 새 노래를 음원 사이트에서 찾아 플레이리스트에 담고 차 한 잔 마시니 다시 출근 시간. 도중에 저녁 시간에 심심하면 졸릴까 봐 책을 빌리러 도서관에 들렀다. 책을 고를 사이도 없어서 소설 칸에

붙어 있는 신간 번역 소설 3권을 빼서 나왔다.

가게에 도착하니 그제야 맘이 안정되며 이제 좀 쉬자 싶었다. 가게 안을 따뜻하게 해놓고 느긋하게 쉬면서 일하려고 하는데, 좀 쉴 만하면 손님들이 들어온다. 졸린 눈을 비비며 하품을 하며 바코드를 찍는다.

자영업자가 어쩌다 나들이라도 하려고 하면 실상이 이렇다. 하루를 놀면 이틀은 정신없는 것. 자영업자는 그렇다. 그래도 친구들과 보낸 하루는 한 달치 피로를 날리기에 충분하므로, 이 맛에 전쟁 통이 될 것을 뻔히 알면서도 놀게 되는가 보다.

을의 마음은 을이 안다

:

자기 자본으로 시작한 자기 가게를 갖고 있으니 을이라고는 할 수 없겠지만, 규모가 크든 작든 장사를 해보면 자영업자는 을일 수밖에 없다는 것을 뼈저리게 느낀다. 갑질하는 손님을 응대해야 하는 고단한 하루하루가 그렇고, 장사가 잘 안 된다고 다시 일반 월급쟁이로 돌아가기 쉽지 않은 데다가, 문을 닫는 순간 겪어야 하는 뒷감당을 계산하며 마음 졸이게 되니, 을 중에 을이 아닐까?

가게에 드나드는 힘든 처지의 사람들을 보면 동병상련의 아픔을 느끼게 된다. 비슷한 처지의 사람들을 만나서 마음이 안 좋을 때면 차라리 갑질하는 당당한 진상을 만나는 게 속은 편하겠다는 생각이 들기도 한다.

밤 11시. 동네 술꾼 손님이 커피를 뽑아서 낭만적으로 비를 구경하면서 야외 테이블에서 먹겠다는 걸 코로나19 방역 지침 때문에 밤 10시 이후에는 안 된다고 쫓아 보냈다.

연달아 들어온 남자 손님이 급하게 도시락을 골라잡더니 계산을 하면서 먹을 수 있느냐고 묻는데 역시 안 된다고 했다. 전자레인지에 데우면서 다른 곳에서 먹겠다는 아저씨는 우산 가격을 묻는다. 제일 싼 게 5천 원이라니까 안 산다. 우산 가격을 묻는 걸 보니 이 동네 사람이 아닌 것 같아서 물었더니 대리 기사라는 것이다.

비가 내려서 건너편 흡연석에도 앉을 수 없는데 어디서 도시락을 먹을지 걱정이 됐지만 규정상 우리 가게에 앉게 할 수는 없다. 1층 로비에 들어가면 운동 기구가 있는데 그 옆에 앉을 곳이 있을지 모르겠다고 했더니 알아서 찾아가 먹겠다며 젓가락을 챙긴다.

기사님 옷은 이미 빗방울이 여기저기 묻어 있는데 돌풍을 동반한 비는 이제 내리기 시작했고, 5천 원 우산은 비싸서 그런지 묻기만 하고 안 샀다. 보는 것만으로도 맘이 무거운데, 아저씨가 묻는다. 손님들이 놓고 간 우산은 없느냐고.

백 룸을 뒤져서 우산 하나를 찾아 건넸다. 고맙다며 뭘 더 사겠다면서 바나나 우유를 골라 온다. 주머니를 뒤져서 100원 짜리와 500원짜리를 섞어서 1,400원을 내더니 괜찮다는데도 굳이 마시라면서 준다. 받았다. 맘이 울적해져서 비 구경하며 아저씨가 놓고 간 달달한 바나나 우유를 마신다. 비 오는 풍경이 낭만적이지 않다.

외국인 단골손님들

:

디즈니 영화에 착하면서 힘센 시골 농부로 나오면 어울릴 것 같은 콧수염 난 덩치 큰 백인은 우리 가게 도시락 애용자다. 월드컵 때는 휴대폰으로 게임을 보면서 오피스텔 마당을 돌아다니다가 가게 앞에 놓인 테이블에서 도시락을 혼자 먹었다. 희한한 것은 영어 방송이 아니라 한국 TV에서 해주는 외국 경기를 보더라는 것. 새벽 4시가 넘은 시간, 김치찌개 도시락을 사서 내게 등을 돌리고 먹고 있다. FM 라디오에서 DJ가 해주는 깻잎 반찬 얘기를 유심히 듣는 것 같았다. 혹시 백인 외모를 한 한국인이 아닌가 잠깐 헷갈렸는데 라디오에서 나오는 브루노 마스Bruno Mars가 부르는 빠른 노래를 따라서 흥얼거리는 걸 들어보니 외국인은 맞는 것 같다.

김치찌개 백인남이 디즈니 영화에서 시골 농부로 나오면 어울릴 것 같다면, 미국 드라마에서 주인공 부부의 똘똘한 아들이 다니는 유치원의 착한 선생님쯤으로 나오면 어울릴 것 같은 백인 여자도 우리 가게 단골이다. 개 두 마리를 데려와서 가게 앞에 쌓아놓은 생수 손잡이에 묶어놓고 들어온다. 날마다 와인이나 복분자주를 꼭 한 병씩 사 가는 주당인데, 사람들과 두루 친한 조 여사 말에 의하면 작가 지망생이라고 한다. 며칠 전에 작가 지망생이 타이레놀을 두 갑이나 샀다. 허리 아플 때 먹어도 되느냐고 묻기에 진통제라고는 하는데 허리 아픈 데까지 효과가 있는지는 모르겠다고 했더니 진통제가 뭔지 못 알아듣겠지만 안 먹는 것보다는 낫지 않겠느냐고 한다. 날 밝으면 꼭 병원에 가라면서 내가 만든 생강차를 한잔하겠느냐고 물었더니 얼굴까지 빨개지면서 좋아했다. 어제 초저녁에도 복분자주와 컵에 담긴 김치를 같이 사면서 생강차가 아주 맛있었다는 인사를 잊지 않았다. 만드는 법을 알려줬다.

내가 만난 사람 중에 가장 옷을 잘 입는 흑인 남자가 있다. 카리브해 바베이도스쯤에서 왔을 것 같은 피부색(중국에서 같이 공부한 바베이도스 출신 내 친구 타이론과 비슷한 피부색과

273

패션 감각 때문에 얕은 내 상상력으로 그렇게 추측해 봤다.)에 화려한 의상은 볼 때마다 감동이다. 젊은 감각의 디자이너 작품이라는 색색깔 뱀 그림이 그려진 파우치나 명품으로 보이는 에코 백, 반짝이 들어간 머플러나 빨간색 코트 등. 명품에 관심이 없었는데 남자가 가끔씩 착용하는 것들은 정말 패셔너블해 보여서 한 번씩 따라 해보고 싶게 만든다. 머리칼이 하나도 없는 남자지만 내가 만난 최고의 패셔니스타다. 외국인들 나오는 TV 프로그램에 추천해 주고 싶은 남자다. 덩치는 있지만 뚱뚱하기보다 단단해 보이는 비결은 퇴근 후에는 생수 한 병과 다이어트 바 하나만 먹는 것 때문이 아닌가 싶다. 술을 안 마시는 우리 동네 몇 안 되는 외국인이다.

한 살 때 한국에 왔다는 우즈베키스탄 무슬림백은 초등학교 3학년이다. 처음 만난 날, 박하사탕을 사기에 약간 매울 거라고 했더니 자기가 제일 좋아하는 사탕이라 체험 학습 갈 때 가져갈 거라고 했었다. 여동생과 올 때는 늘 앞서서 문을 열어 주는 매너남으로 우리 가게 손님들 중에 내가 제일 좋아하는 손님이다. 무슬림이라서 젤리 하나도 구성 성분을 살피고 사는 가족인데, 그 애들을 좋아하는 우리는 가끔 그 애들이 먹을 수 있는 뭐라도 챙겨주고 싶어 한다. 그 부모들 철학에 남들이 애들에게 공짜로 주는 것을 싫어할까 봐 나는 가끔 신제품이니 맛을 봐달라느니 하는 얘기를 꾸며내서 선물을 한다. 그만큼 그 애를 좋아한다. 한국어로 된 상품 구성 성분을 다 읽을 줄 아는 가족이다.

요즘 새로 나타난 주정뱅이 우즈베키스탄 여자들도 있다. 한국말을 한 마디도 모르는데 딱히 배울 생각도 없는 것 같다. 물건 팔 때 내가 답답해서 이 여성들을 위해 내 휴대폰 배경 화면에 번역 앱을 깔았다.

인도로 돌아간 자야

:

'자야'라는 인도인 친구가 있다. 말은 좀 안 통해도 자야는 몇 달 만에 전철역에서 만나도 무척 반가워하며 코앞의 집을 놔두고 가게까지 따라오기도 한다. 자야가 하는 칭찬은 언어 소통의 어려움과 공통 화제가 없어서 서로 좋은 모습만 보는 우리 관계 때문일 것이다. 그렇다 해도 나는 거의 안 하는 칭찬을 자야는 늘 달고 살았다. 한국에 친구가 딱 두 명뿐이라니, 정말 내가 좋은 모양이었다.

처음 얘기를 나눈 것은 가게에 자주 오던 자야가 어느 날 내가 듣고 있는 노래 제목이 뭐냐고 물었을 때였다. "500miles_ 피터, 폴, 앤 메리"라고 하자 울컥하는 눈을 하고 서서 듣고 있었다. 노래 분위기 때문에 고향 생각이 나는가 싶어서 그 눈을 보니 괜히 나까지 울컥했다.

그 뒤로 가끔 와서 과자의 성분이나 커피에 크림이 들었는지 등등을 물었다. 한국말을 한 마디도 모르는 그녀가 가게 문을 열고 들어오면 어떤 때는 오늘은 또 뭔 얘기를 물어볼까 귀찮을 때도 있었다. 그렇게 알게 된 그녀가 어느 날 작별 인사를 하겠다고 왔다. 나도 섭섭한 표정은 지었지만 사실 속으로는 또 누가 가는구나 싶었다. 그런데 그녀 얼굴은 정말 섭섭해 보였다. 사진을 같이 찍고 싶다더니 카톡 아이디를 알려 달라기에 알려주면서 몇 번 그러다 말겠지 했다.

중국 대학 어학원에서 같이 공부하던 어린 외국인 학생들이 학기 말이 돼서 자기 나라로 돌아가기 전에 꼭 저런 눈빛을 하며 섭섭해했다. 다시 만나자며 이메일 주소를 주고받았지만 다시 만난 친구는 대학원 공부를 하겠다고 돌아온 키르기스스탄 출신 장난꾸러기 남자애뿐이었다. 타지키스탄, 가봉, 러시아도 이르쿠츠크에서 기차 타고 북쪽으로 22시간 간다는 먼 곳…. 그런 곳에서 온 친구들을 뭔 수로 다시 만나겠는가. 수년 동안 그런 헤어짐을 여러 번 겪어봤기에, 안타까워하는 자야와 달리 나는 카톡 아이디를 주면서도 별 감흥이 없었다. 당분간 영어로 톡을 해야 하는 부담감만 좀 있다고 할까? 아무튼 잘 가서 잘 살라고 인사를 했다.

그렇게 가면 다시 안 올 줄 알았는데 자야는 몇 달 만에 돌아왔다. 인도로 돌아간 자야가 카톡을 깔고 내게 인사를 할 때까지만 해도 잠시 그러다 말 줄 알았는데 꾸준히 안부를 물었다. 다시 돌아오려고 준비하면서 기다릴 것이라고 생각한 내게 소식을 계속 전했던 것이다. 남편이 한국에서 일하던 곳에서 다시 초청을 해서 돌아오게 된 것이다.

남편을 따라 한국에 온 김에 자야는 세계 최고라는 한국의 난임 치료 클리닉을 다녔다. 자야가 혼자 대중교통을 이용하려면 한글이라도 알아야 할 것 같아서 카페에서 만날 때 한글을 가르쳤다. 금방 배웠다. 그 뒤로 서툰 한국어로 카톡을 보내 명절 인사를 하기도 하고, 서로의 집에 초대해서 자기가 잘하는 음식을 해서 나누기도 했다.

비자 때문에 두 번째로 인도로 돌아가는 자야 부부는 다시 올 수 있을까 걱정했던 처음과 달리 금방 돌아올 것이라는 확신이 있어 보였다. 곧 돌아올 것이라는 마음에 마지막 식사를 하면서도 작별 인사를 하지 않았다. 잘 다녀오라고만 했다. 비교적 안전하다던 인도에 코로나19가 조금씩 확산되기 시작했던 2021년 3월 말이었다.

공항까지 가는 택시를 찾아 연결해 주고 잠깐 집에 다녀오는 사람들처럼 가볍게 인사를 하고 헤어졌다. 자야 부부가 인도로 돌아가자마자 인도의 코로나19 상황이 심상치 않다는 뉴스가 연일 나왔다. 뉴스에서 인도는 생지옥이나 다름없다고 했지만 자야가 두 달이나 연락이 없는 것은 고향에 가서 즐기면서 돌아올 준비를 하느라고 바빠서 그런 것이라 생각했다.

장마가 시작되어 습기 많은 날, 인도로 간 지 세 달 만에 자야가 카톡을 했다. 다시 돌아온다는 메시지일 거라 생각해서 무심히 열었다. 2021년 5월 31일 자야의 남편 프렘이 코로나19로 사망했다는 소식이었다.

그때 돌아가는 것을 잠시 늦췄으면 어땠을까 하는 마음에 안타까웠다. 프렘의 영원한 안식과 자야가 마음의 평화를 얻기를 기도했다. 무엇보다 상황이 나아지지 않은 인도에서 소식이 끊긴 자야가 무사하기를 간절히 빌었다. 자야, 잘 지내고 있는 거니?

외로웠던 농구 선수

:

장사를 하다 보면 물건을 사겠다는 사람이 싫을 리 없지만, 가끔 팔면서도 걱정이 되는 사람이 있다. 시즌이 개막했는데, 매일 와인을 두 병씩 사 가는 프로 운동선수를 볼 때도 그렇다.

가게에 드나드는 외국인 여자가 있었다. 2미터가 넘는 키에 늘 운동복을 입고, 레게 머리를 하고 왔는데 처음에는 물건을 팔면서도 남자라고 생각했다. 어느 날 술을 사면서 뭔가 물어보고 싶은 게 있는 것 같아서 자세히 봤더니 여성이었다. 한번 인사를 나눈 뒤로는 드나들면 매번 인사를 했다. 낯이 익어서 보니 성격도 쾌활하고 예뻤다. 농구 선수라고 했다. 다 좋은데, 매일 술을 너무 많이 산다. 나중에는 "그렇게 마시고 경기 뛰겠니?" 묻고 싶었으나 영어도 달리고…. 2미터 넘는 덩치라서 하룻밤 와인 두 병은 물 같은가? 내가 퇴근한 뒤 새벽에 다시 와서 캔 맥주를 사 가기도 한다는데, 아주 말짱하더라고 하니 덩치 큰 사람은 그래도 되나 싶으면서, 팔면서도 걱정이 됐다.

경기가 있는 주말이 지나면 발을 다쳐서 깁스를 하고 목발을 짚고 술을 사러 온다. 이 사장한테 걱정하는 말을 했다. 외로워서 술을 마실 텐데 계속 두면 알코올 중독이 될 거라며 이 사장도 걱정을 했다. 부상당해 오는 그녀를 볼 때마다 마음이 짠했다.

추석을 앞둔 어느 날, 지나가는 말로 한국 음식 중에 뭘 좋아하느냐고 물어봤더니 아주 자세히 설명은 하는데 뭔지 모르겠다. 누들, 수프, 시푸드가 한꺼번에 든 음식이 제일 맛있다나. 목발을 짚고 나가는 그녀를 보며 뭐 맛있는 거라도 만들어 먹이고 싶은 주부 본능이 꿈틀거린다. 그런데 누들, 수프, 시푸드가 한꺼번에 든 음식이 뭘까? 칼국수? 잡채를 해서 추석 선물로 줬다. 포장지에 담긴 잡채를 받자마자 그 자리에서 영상 통화로 미국에 있는 가족에게 보여주며 좋아했다.

새해에 금연 계획을 세운 사람들이나 술을 끊겠다는 사람들, 심지어 다이어트를 한다며 칼로리 높은 편의점 도시락을 끊는 사람들까지 있어서 연초는 늘 편의점 업자들의 비수기이다. 담배 영업 사원이 와서 올해는 유독 심하다는 소리를 하기에 우리 집 이 사장에게 우리만 그런 거 아니니 앓는 소리 하지 말랬다가 안일하다고 눈총만 받았다.

우리 가게 술 매출을 올리는 데 큰 공을 세우던 그녀가 얼마 전에 고향을 다녀온다고 미국으로 떠났다. 가뜩이나 비수기인데 술 매출에 큰 타격을 입었다. 아홉 살짜리 딸 사진을 보여주며 곧 생일이 온다며 눈물을 글썽이더니 다니러 간 줄 알았다. 며칠 전 장신의 새로운 흑인 여자가 나타났는데 한눈에 봐도 농구 선수다. 그녀는 언제 오느냐고 물었더니 잘 모르겠다며 얼버무린다.

그녀 때문에 잔뜩 주문해 놓은 와인은 재고로 쌓이고 있고, 술 매출은 전달에 비해 300만 원 가까이 줄었다. 그녀가 안 사가기 때문이다. 고매출 손님인 그녀가 언제 오려나 궁금해 기사를 검색해 보니 완전 귀국했다고 한다. 새로운 농구 선수는 타 구단에서 그녀 대신 영입한 선수였던 것이다. 기사를 검색하다 찾아낸 그녀의 인스타그램을 들어가 보니 딸과 찍은 사진이 있다. 행복해 보였다. 하루 10여만 원씩 팔아주는 큰손을 잃어서 서운하긴 해도, 여기서 계속 있다가는 선수 생활이고 뭐고 알코올 중독 치료부터 받아야 하는 게 아닌가 걱정했는데 잘됐다 싶다.

잘 살아라. 리네타! 우리 가게 술 매출 좀 줄면 어떠냐! 1월 지나고 나면 또 새로운 주당이 나타나겠지. 아임 오케이. 비 해피!

처음 가게를 시작했을 때는 중국에서 돌아온 지 1년도 안 된 때였다. 당시에 소식을 자주 주고받는 사람들은 내가 가르쳤던 학생들 중 이미 대학생이 된 친구들과 중국에서 이런저런 인연을 맺은 친구들이 대부분이었다. 나는 그들에게 한국에 돌아와 잘 적응하고 있다는 걸 보여주고 싶었다. 그래서 뜬금없이 시작하게 된 장사 이야기를 SNS에 쓰기 시작했다.

글을 쓰다 보면 비루한 내 일상을 우아하게 포장할 때가 종종 있다. 나중에 다시 보면 쑥스러워 지워버리고 싶을 때도 많았지만, 그런 글을 읽고 나를 격려해 주는 분들 때문에 다시 비슷한 상황이 되면 나는 내가 쓴 글 속의 사람처럼 되려고 노력하게 된다.

내 의지가 아닌 것처럼 시작하게 된 장사 이야기에 공감해 주는 사람들 덕분에 나는 '하고 싶은 일을 하는 사람'보다 '할 수 있는 일을 하는 사람'이 잘 살고 있는 사람이라고 믿게 됐다. 앞으로 뭘 하고 살 것인가를 고민하기보다 지금 하고 있는 이 일을 잘하자는 생각으로 산다. 지금의 나에게 만족하지만 가끔은 지금보다는 조금만 더 도덕적이고, 조금만 덜 영악하게 살자는 생각을 하며 산다.

보잘것없는 내 글을 읽고 격려해 준 많은 분들, 특히 나의 이야기를 언제나 응원해 주는 내 친구 김명숙, 비루한 일상의 이야기를 유쾌한 자영업자의 분투기로 좋아해 주고 책으로 만들자고 기획해 준 윤혜자 님, 장사꾼의 이야기를 기꺼이 책으로 엮어주신 몽스북 안지선 대표님께 감사드린다.

싸가지 없는 점주로 남으리

초판 1쇄 발행 2022년 2월 16일

지은이 박규옥
펴낸이 안지선

기획 윤혜자
디자인 석윤이
표지 일러스트 슬로우어스
교정 신정진
마케팅 최지연 이유리 김현지 안이슬
제작 투자 타인의취향
제작처 상식문화

펴낸곳 (주)몽스북
출판등록 2018년 10월 22일 제2018-000212호
주소 서울시 강남구 학동로4길15 724
이메일 monsbook33@gmail.com
전화 070-8881-1741
팩스 02-6919-9058

© 박규옥, 2022

ISBN 979-11-91401-46-2 03810

mons (주)몽스북은 생활 철학, 미식, 환경, 디자인, 리빙 등 일상의 의미와 라이프스타일의 가치를 담은 창작물을 소개합니다.